O'Connell **Press**

Über das Buch:

Unter den Millionen Augen der Lichter lebt das Drachenvolk von Leotrim. Der Drache Norwin hat einen schwierigen Start ins Leben. Eine Amme lässt sein Ei fallen, die Schale ist beschädigt, ein Flügel verletzt. Es wird schnell klar, er wird nie fliegen können. Als er alt genug ist, kommt sein menschlicher Vater, um ihn bei den Menschen leben zu lassen. Die Drachenmutter muss darauf hoffen, dass die jahrhundertealte Verbindung zwischen den Völkern ausreicht, um Norwin einen Platz in ihrer Mitte finden zu lassen. Anfänglich hat sein halbgebürtiger Bruder Ambro Schwierigkeiten, etwas mit seinem Drachenbruder anzufangen. Die beiden passen nirgends hin. Jeder in Leotrim hat seinen Platz, seine Aufgabe. Diese beiden müssen nun selbst herausfinden, wofür sie gut sind.

Über den Autor:

C. M. Hafen ist Schwabe; gebürtiger Zweiundachtziger. Drittgeborene, konservativ erzogen, liberal geraten, von der Vergangenheit geprägt. Arbeitet mit der Sippe im Bauwesen; Malen nach Zahlen bekommt so eine Bedeutung. Schreibt aus Besessenheit, weil sie nichts anderes kann. Oder will. Lebt fürs schreiben, schreibt fürs Leben gern, lebt ihr Schreiben, hier! Sie ist Mitglied im Verband deutscher Schriftsteller (VS) und im Bundesverband junger Autoren (BvjA) e. V. Sie ist regelmäßig auf der get shorties Lesebühne zu sehen und zu hören. www.zweifragezeichen.wordpress.com

C. M. Hafen

DRACHENBRÜDER

Das Drachenvolk von Leotrim

Roman

O'Connell Press

1. Auflage

Sie finden uns im Internet unter www.OConnellPress.de
Deutsche Erstausgabe 2015 by O'Connell Press, Weingarten

Titelillustration: © Asmus/ Shutterstock.com
Umschlaggestaltung: O'Connell Press
Datenkonvertierung: O'Connell Press

Bibliographische Information der Deutschen Nationalbibliothek:
Die Deutsche Nationalbibliothek verzeichnet diese Publikation in der Deutschen Nationalbibliographie; detaillierte bibliografische Daten sind im Internet über http://dnb.dnb.de abrufbar.

Herstellung: BoD, Books on Demand, Norderstedt
ISBN 978-3-945227-25-1

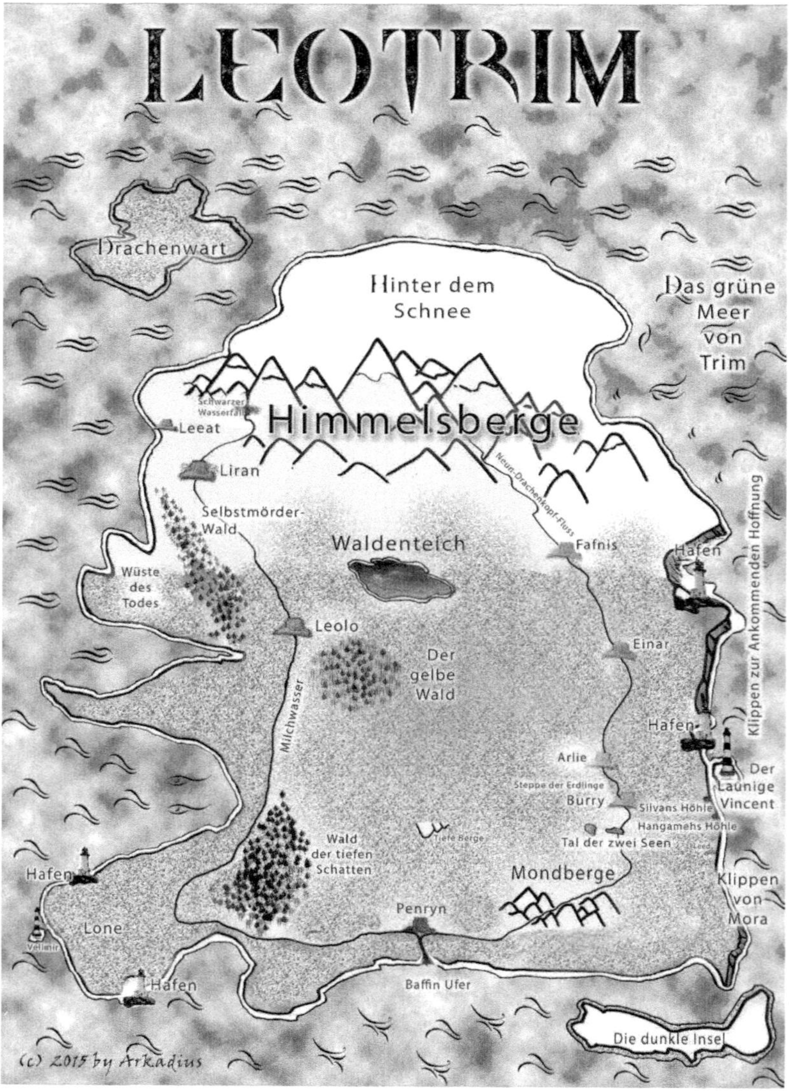
LEOTRIM
Drachenwart
Hinter dem Schnee
Das grüne Meer von Trim
Schwarzer Wasserfall
Himmelsberge
Leeat
Liran
Neun-Drachenkopf-Fluss
Selbstmörder-Wald
Waldenteich
Fafnis
Hafen
Klippen zur Ankommenden Hoffnung
Wüste des Todes
Leolo
Einar
Der gelbe Wald
Milchwasser
Hafen
Arlie
Der Launige Vincent
Steppe der Erdlinge
Burry
Silvans Höhle
Hangamehs Höhle
Wald der tiefen Schatten
Tiefe Berge
Tal der zwei Seen
Hafen
Mondberge
Klippen von Mora
Penryn
Lone
Velimir
Hafen
Baffin Ufer
Die dunkle Insel
(c) 2015 by Arkadius

PROLOG

Hangameh sah erstaunt auf. Ihre Feder noch in der Hand, schaute sie zum Vorplatz ihrer Höhle, den sie von ihrem Schreibpult aus gut einsehen konnte. Sie liebte es, während der Arbeit weit übers Meer blicken zu können. Ein Hüter aus den Himmelsbergen war auf dem Weg zu ihr, sie spürte das Vibrieren der Luft unter seinen Flügelschlägen, spürte die Dringlichkeit. Sie schlug eine neue Seite auf. Dieses Ereignis benötigte eine eigene Seite in ihrer Chronik. Es war noch nie vorgekommen, dass ein Ei zu Bruch gegangen war. Der Vater des Drachenjungen wusste es nicht, der zukünftige Bruder war noch nicht geboren.

Norwin hatte einen schweren Start in diese Welt.

Hangameh stand auf, ließ die leere Seite, die Feder und das Tintenfass zurück, um den Drachen und seine Nachricht in Empfang zu nehmen.

DIE CHRONISTIN VON LEOTRIM

Hangameh konnte nicht hellsehen, sie war keine Zauberin oder in sonstiger Weise übernatürlich. Sie war ein Kind.

Nein, das stimmte nicht ganz.

Sie steckte im Körper einer Achtjährigen und war sehr alt. Es kam ihr nicht in den Sinn sich als erwachsen zu bezeichnen. So wie Erwachsene Verantwortung übernahmen, ein Sommerhaus bauten und eine Winterstatt einrichteten für ihre Kinder, so wie sie alt wurden und weise und zum Schluss alles vergaßen, kurz bevor sie starben. Es war, als dürften die Alten nicht einmal die Erinnerungen ihres Lebens mitnehmen, wenn sie unter die Rosen gingen.

Hangameh hatte viele Menschen sterben sehen und war dabei keinen Tag gealtert.

Kein Sterbender hatte Angst, wenn eine Achtjährige fragte:

»Was nimmst du mit?« Sie wusste nicht genau, warum sie diese Frage stellen musste. Doch wenn ihr Gegenüber »Nichts« sagte, durfte er gehen.

Unter die Rosen. Hangameh hatte es sich schon manches Mal vorgestellt, wie es wohl wäre, nicht das Sterben an sich, sie wünschte es sich nicht. Aber sie war von allen Zeremonien ausgeschlossen. Sie durfte sich keinen Ort aussuchen, an dem sie liegen wollte. Durfte kein Grab ausheben und pflegen, keine Heckenrose pflanzen für ihren ewigen Schlaf. Sie würde nicht sterben. Ob sie weise war, konnte sie nicht sagen. Sie beobachtete ja nur, schrieb auf, was passierte, nüchterne Fakten. Sie enthielt sich jeder Wertung. Was wusste sie über Weisheit, über kluge Entscheidungen, über den Wert eines Lebens? Sie wusste von all dem nichts.

Nein, das stimmte nicht ganz.

Sie wusste Dinge, manchmal. Sie wusste, was geschehen würde, bevor es passierte. Als wäre ihr Herz ein kleiner Kompass, nach dem sie sich richtete. Sie wusste, wann sie an welchem Ort sein musste, mit ihrem Buch und ihrer Feder. Sie wusste, welche Worte sie zu schreiben hatte, ohne je eine Schule besucht zu haben. Sie wusste, manchmal, was andere dachten oder fühlten. Wo auch immer dieses Wissen herkam, sie widersetzte sich nicht. Sie hatte es versucht, am Anfang, und es bitter bereut. Sie konnte nichts dagegen tun, dass Dinge geschahen. Durch ihr Nichtstun wurde Schlechtes noch schlimmer. Niemand sah und hörte dieses Leid. Wenn Hangameh nicht in ihr Buch hineinschrieb, war es, als hätten Mensch und Drache nie existiert. So gab sie auch heute Abend dem Gefühl nach und folgte dem inneren Kompass. Es drängte sie an den Strand. Hinaus aus ihrer Höhle, hinunter, weiter hinunter, bis zum Wasser, das gierig alles verschlang, was sich ihm näherte. Das Meerwasser war giftig. Sie kannte es auch nicht anders. Es musste schon immer unwirtlich gewesen sein – vielleicht nicht ganz so gefährlich, nicht ganz so tödlich wie heute. Trinkbar war es wohl nie gewesen.

Trotz der Gefahr, nahm sie die in Stein gehauene Treppe vorsichtig Stufe um Stufe hinab zum grünen Gift, weil dieses Gefühl in ihr es verlangte. Die Stufen waren nass, es regnete heftig, die Gewitterwolken hingen tief über dem Wasser, Hangameh meinte, sie wie einen gewaltigen Wattebausch beiseiteschieben zu können. Natürlich ging das nicht. Die dunklen Wolken blieben über ihr, fast trotzig.

Glaub bloß nicht, dass wir wegen dir aufhören hier herumzulungern, schienen sie zu sagen. Der Wind zerrte an ihr wie ein Rüpel, der versuchte, sie die Treppe hinunterzustoßen. Sie hatte ihr langes, braunes Haar zu einem Knoten gebunden, der ihr jetzt schwer im Nacken lag. Der Wind stob unter ihren langen Mantel, blähte ihn auf wie Flügel. Hangameh konnte nicht fliegen.

Sie ging schneller, hielt sich an den groben Felsen links und rechts von sich fest, um nicht auszurutschen, ignorierte den sauren Geruch des Meeres und atmete durch den Mund. Sofort waren alle ihre Sinne salzig; Mund, Nase, Augen. Selbst ihre Ohren drückten, sie meinte zu ertrinken, meinte Gift auf ihrer Haut zu spüren wie Säure. Es brannte.

Sie erreichte den Strand, heftig atmend und müde. So müde. Sie rannte über die schwarzen Kieselsteine der Küste, jeder ihrer Schritte klackerte, trotz des Windes, des peitschenden Regens und der brechenden Wellen, bedrohlich laut. Hangameh entdeckte ein kleines Ruderboot, niemand saß darin, die Paddel waren fortgespült und die Wellen spielten damit ein gehässiges Spiel. Hin und her warfen sie es, wie gemeine Kinder beim Versuch, es kentern zu lassen.

Hangameh hörte ein kleines Geräusch, wie ein Schmatzen, und sie sah ein Licht. Es war keines von oben, das sich im Wasser spiegelte. Hangameh sah zum Himmel, die Lichter von Leotrim versteckten sich hinter den dicken Wolken.

»Ihr Wasserdrachen von Leotrim«, rief sie, »ihr Hüter des Hafens, bringt mir dieses Ruderboot!« Sie stand am Strand, mit den Lederstiefeln schon im Wasser, die grünen Wellen rissen an ihr, spülten Kieselsteine unter ihr hinweg, wollten sie holen, ungeachtet dessen, wer sie war.

Ein Kopf tauchte aus dem Wasser auf, ein weiterer, ein weiterer.

»Bitte«, rief sie gegen das Tosen an.

Mehrere Drachen, grün wie das Wasser, stürmisch wie die See, schwammen zu dem kleinen Boot. Das dunkle Holz wirkte fast schwarz, genau wie die Wolken darüber. Und doch, irgendeine Lichtquelle musste in dem Boot sein. Hangameh spürte es.

Die Drachen hatten keine Schwingen wie ihre Artgenossen der Luft. Ihre Flügel waren kleine, praktische und wendige Flossen. Sie hatten auch keine Federn, sondern Schuppen. Staunend sah Hangameh ihnen zu, wie sie kraftvoll durchs Wasser glitten wie Fische. Sie hatte lange keine Fische mehr gesehen, obgleich sie wusste, dass es noch welche gab, weiter draußen. Sie wunderte sich zum wiederholten Mal, dass die Wasserdrachen, die grünen Meerdrachen, noch nicht ausgestorben waren. Sonst hatte sie es nur mit freundlichen, albern planschenden Seedrachen zu tun – das Leben spendende, blaue Wasser aus den Himmelsbergen hatte viel Einfluss auf das Gemüt der Tiere.

Mehrere schwarze, stolze Augenpaare sahen sie an. Wer hier überleben konnte, musste stolz sein. Kein Lebensraum war so feindlich wie dieser hier. Vier von ihnen geleiteten das Boot an den Strand. Hangameh hörte das Knirschen, als das Holz den steinigen Boden berührte beim Aufsetzen an Land. Es war Wasser in die Barke eingedrungen, aber sie hatte offensichtlich kein Leck. Das Meerwasser musste durch die hohen Wellen in sie hineingeschwappt sein. Das Boot war leer, bis auf ein paar herumschwimmende Utensilien, einen Mantel, ein Kleiderbündel und einen Weidenkorb. Die vier Wasserdrachen kamen an Land, legten die Flossen eng an den Körper, schüttelten das Wasser ab und atmeten – hörbar – statt mit den Kiemen durch die Lunge.

Lungenfische, dachte Hangameh, vielleicht ist das euer Geheimnis. Ihr könnt jederzeit gute Luft atmen.

Einer schnaubte Hangameh ins Gesicht, nicht unfreundlich. Den Atem mit einem Drachen zu teilen war seit jeher ein Zeichen der Verbundenheit. Das Meer schien sich zu beruhigen. Viele Köpfe schauten aus dem Wasser, viele schwarze Augen betrachteten die Szenerie am Strand. Hangameh meinte, ihre Neugier zu spüren. Ihre Fragen.

Es war weder Mensch noch Drache im Boot, es gab niemanden zu retten.

Da war wieder das kleine Geräusch.

Der Schnauber drehte sich schnell und lautlos um, schnüffelte, untersuchte den Inhalt des Bootes.

Hangameh spürte seinen Gedanken: *»Ich höre es. Ich rieche nichts.«* Er sprach mowarisch. Wie alle Wasserdrachen weigerte er sich leotrisch zu sprechen und Worte mit der Kehle zu formulieren. Da sie nicht miteinander vertraut waren, geschweige denn verbunden, wäre es unhöflich gewesen, in seiner Sprache zu antworten.

»Lass mich mal sehen«, sagte sie.

Der Wasserdrache sah sie direkt an. »Rem«, sagte sie und hielt dem Blick stand. Auch wenn sie kurz meinte, in ein tiefes, schwarzes Loch zu fallen. Seine Schuppen glänzten, Rem war jung und sehr schön. Er fühlte sich geschmeichelt, als sie das dachte. Er huschte in sie hinein und so wie er die kleine Barke beschnüffelt und geprüft hatte, untersuchte er ihre Gedanken, ihre Befindlichkeiten. Natürlich wusste er, wer sie war, wusste, dass sich dies nicht gehörte, ohne Erlaubnis, doch es kümmerte ihn nicht. Wie der Rauch eines Feuers verzog er sich wieder.

Dünn und wendig wie ein Aal, bewegte er sich auf sie zu. Es machte für ihn keinen Unterschied, ob er im Wasser war oder nicht, er verlor nichts von seiner Anmut. Seine Verbindungszeremonie musste schon einige Lenze her sein, doch sie erinnerte sich. Er schnaubte wieder, als wollte er sagen, dass auch er sich erinnerte.

»Geh zurück, Rem. Du und deine Geschwister habt mir gut geholfen.« Die anderen ließen sich das nicht zweimal sagen und glitten zurück ins Wasser, fast lautlos. Rem zögerte.

»Ja, ich weiß«, sagte Hangameh, »irgendetwas ist in dem Korb.« Sie zog den Weidenkorb zu sich her, er schwamm sachte auf dem Wasser, das sich im Boot gesammelt hatte, wie eine kleine Nussschale.

»Waren noch andere hier?«, fragte sie.

»Das Wasser hat sie geholt.«

Hangameh verstand nicht. Wären Menschen von Leotrim in diesem Ruderboot gewesen, hätten die Hüter im Hafen Alarm geschlagen, sie hätten Hilfe geschickt, Vincent, der Launige Vincent, hätte reagiert. Sie hätten es *gewusst*, die Wasserdrachen – nichts geschah hier, ohne dass sie es bemerkten. Die Wasserdrachen hätten sie gerettet. Seit vielen Jahren, seit das Wasser so giftig geworden und kaum eine Fischsorte mehr genießbar war, war kein Mensch mehr im *Grünen Meer von Trim* ertrunken. Das Wasser würde die bloße Haut verletzen, sie regelrecht abätzen. Boote wurden begleitet, keiner fuhr hinaus ohne Schutz. Die Wasserdrachen nahmen keine solche Schuld auf sich – einen Menschen in ihrem Umfeld zu verlieren. Sie sprachen nicht die raue Sprache der Menschen, sie lebten zurückgezogen, aber sie hatten denselben Grundsatz wie alle Drachen: Kein Mensch durfte zu Schaden kommen.

Es war kein richtiges Gesetz. Jeder Drache hatte eine *Siostra*, einen *Broder*, jeder hatte jemanden, den er verlieren konnte.

»Das Wasser hat sie geholt?«

Rem schwieg. Seine Augen wirkten traurig. Das Schwarz war … *eigentümlich*. Das Meer war hart. Rem nicht.

»Es stammt nicht von hier.«

Hangameh hörte noch diesen letzten Gedanken, bevor Rem

im Wasser verschwand.

Da war es wieder. Das kleine Geräusch.

Hangameh zog die nassen Tücher auseinander, die über dem Korb lagen. Darin lag ein kleines Kind, unmöglich zu sagen, ob Mädchen oder Junge. Es mochte zwei sein, keine drei, weiß wie der Mond mit flammend rotem Haar.

»Hala«, sagte Hangameh.

DRACHENBRÜDER

Mensch und Tier sind durch ihr Blut verbunden«, hatte sein Vater ihm erklärt, mit erhobenem Zeigefinger und gewichtiger Stimme. Er sprach oft und gern über Verantwortung. Ambro konnte den langen Vorträgen selten folgen. Natürlich wusste Ambro das, jedes Kind in Leotrim nahm die Geschichte und die Tradition mit der Muttermilch auf; *die Mutter aller Wasser und die Väter der Drachen.*

Schon als Vierjähriger konnte er die wichtigsten Geschichten Leotrims auswendig aufsagen.

Dennoch, er hätte gern eine Verbindungszeremonie gesehen, statt immer nur von ihr erzählt zu bekommen. Seine Mutter hatte ihm oft erklärt, was passieren würde, wenn sein Drachenbruder endlich da wäre.

»Du bekommst den Namen deines *Smok* in den Nacken geschrieben und dein Drache bekommt deinen Namen auf eine Schuppe. Ihr seid schon durch euer Blut verbunden, schließlich habt ihr denselben Vater, aber erst durch den Eid ist es für jeden sichtbar, dass ihr zusammengehört.«

»Es tut auch nicht weh?«, fragte Ambro zum hundertsten Mal.

»Versprochen. Es tut nicht weh. Die Verbindung zwischen zwei Wesen sollte nie wehtun. Schon gar nicht zwischen Brüdern.«

Früher war das anders gewesen. Da war der Name mit einem glühenden Eisen eingebrannt worden. Ambros Urgroßvater hatte seinen Namen noch so bekommen. So war man als Junge zum Mann geworden, sagten die Alten im Dorf.

Eine Zeremonie gab es immer noch, ohne Brennen, ohne *Mannwerden*. Ambro war nervös, seine Mutter hatte ihm zwar alles erklärt und er wusste, theoretisch, was wann passieren würde, dennoch hatte er Angst. Er wollte nicht zu weinen anfangen oder etwas falsch machen. Sein Vater hatte nur wenig zu sagen zu dem Thema. Er hatte Ambro nicht einmal geantwortet auf die Frage, wie er seinen Namen erhalten hatte, gebrannt oder geschrieben.

Seit Wochen hatte sich Ambro auf heute vorbereitet und Norwin ein Nest gebaut, er würde in Zukunft in seiner Kammer schlafen, ganz oben im Baumwipfel. Alle Eulenfedern, die er finden konnte, hatte er gesammelt. Gänsefedern waren nicht so weich, aber ein paar hatte er dennoch ins Nest gesteckt, wegen des Geruchs. *Drachen mögen das*, das wusste er. Das Nest klemmte in einer Astgabel und Ambro konnte es von seinem Bett aus sehen. Es war gemütlich geworden, fand er. *Norwin wird es bei mir gefallen. Ganz bestimmt.*

***

Als Ambros siebter Jahrestag nähergerückt war, die Frühlingsknospen erblühten schon, da hatte sich der Vater bereit gemacht, Norwin abzuholen, aus den *Himmelsbergen*, wie es Tradition war.

»Wieso fliegst du nicht? Wieso bringt man ihn nicht einfach her?«, wollte Ambro wissen, bevor sein Vater sich auf den Weg machte.

Sein Vater brummte unwillig und ließ sich erst nach einigen Minuten zu einer Antwort herab. »Man darf die Strecke nicht fliegen. Ein Vater muss seinen Sohn holen, zu Fuß, auf seinen Schultern.«

»Ich glaube, er wird traurig sein, wenn du ihn holen kommst. Er muss seine Mutter verlassen und wird sie vermutlich nie wiedersehen.«

»Das stimmt, die *Drachenbrüder* kehren normalerweise nicht in die Himmelsberge zurück. Es gibt aber für alles Ausnahmen.« Der Vater lächelte milde. »Die Hüter bleiben dort, die Ammen zum Beispiel, die bei der Brut helfen, sie haben aber auch keine Halbschwestern«, antwortete der Vater, sanfter als vorhin. Ambro kletterte dem Vater auf den Schoß und begann, ihm den kurzen Bart zu kraulen. Olafur reckte genüsslich das Kinn. Er hielt immer still, mit halb geschlossenen Augen, wenn man ihn kraulte. *Er benimmt sich fast wie ein Drache*, dachte Ambro.

»Ich wäre sehr traurig, würde man mich holen und in die Berge schleppen, um dort zu leben, ganz ohne meine Mama.«

»Ich werde ihm sagen, dass er nicht traurig zu sein braucht, schließlich kümmert sich deine Mutter ab jetzt um ihn, so wie um dich. Sie ist eine gute Mutter. Und er kann endlich mit dir zusammen sein. So wie es sich gehört.«

Ambro tröstete das nicht. Er schluckte schwer und sah seinen Vater nicht an.

»Es ist unsere Tradition und schon immer so gewesen. Solange es unser Volk schon gibt, solange besteht auch die Verbindung. Die Drachen können ohne uns nicht leben und wir nicht ohne sie.«

Ambro nickte, er kannte das alles. Die Erklärungen, die Zusammenhänge. Er würde dafür sorgen, dass es seinem Drachenbruder hier gut gehen würde, sehr gut, beschloss er. Das war wohl die Sache mit der Verantwortung.

***

Als der Vater unterwegs war, nervte Ambro seine Mutter mit unzähligen Fragen. Jeden Tag wurde er aufgeregter.

»Was für ein Drache wird es sein? Ein Feuerdrache? Ein Wasserdrache? Ein Erddrache? Ein Flugdrache? Was wird aus mir, Mama?« Der Bruder eines Erddrachen konnte kein Flieger werden. Der Bruder eines Wasserdrachen konnte kein Feuerbringer werden, Ambro wollte aber gern fliegen.

Sie zuckte nur mit den Schultern, Ambro nahm an, dass sie es nicht wusste. Wie auch? Die Eier hatten alle dieselbe Farbe, sagte zumindest Jori, und wer wusste denn vorher, was da herausschlüpfen würde? Sein Vater hatte ihn noch nie gesehen, seinen Drachenbruder, da er vor Ambros Geburt zuletzt in den Himmelsbergen gewesen war, um ein Ei auszuwählen. Nun war der Vater auf dem Weg ihn abzuholen, sieben Kreise später.

Man kann es vorher gar nicht wissen, dachte Ambro, aber nachdem er geschlüpft war, hätte mir schon einer Bescheid sagen können!

Ambro war unzufrieden mit seinen Eltern. Er hatte so viele Fragen und oft beschlich ihn das Gefühl, sie kannten die Antwort gar nicht. Oder interessierte es sie nicht?

Soviel hatte er inzwischen erfahren: Wenn eine Frau ein Kind erwartete, musste der Vater des Kindes in die Himmelsberge, um dort ein Ei auszuwählen. Mit dem Ei verbrachte er eine Nacht in der Quelle von Leotrim.

***

Ambro saß mit seinem Freund Jori vor dem Baumhaus und malte mit einem Stock einen Flugdrachen in den gelben Sand. Seine Mutter richtete das Baumhaus her, putzte, fegte und kochte gleichzeitig, sie waren gerade aus der Winterstatt ausgezogen, weil es endlich warm genug war, um das Sommerhaus zu beziehen. Ambro lebte mit seiner Familie im Wipfel einer alten Sommerlinde. Der Baum war schon so alt, dass es das Dorf, dessen Mittelpunkt er einmal gewesen war, nicht mehr gab. Ambro mochte die Sommerstätte wesentlich lieber als ihre Winterbehausung, allein schon wegen der Treppe, die um den massigen Baumstamm wendelte. Das Geländer war eingefasst von kaltgrünem Efeu und wenn man nach oben stieg, zur ersten Plattform – dem früheren Tanzplatz, der heutigen guten Stube der Familie Gulur –, meinte man, in eine andere Welt zu gelangen. Oben im Baumwipfel flatterten bereits die roten Bänder, das Erste, was zu erledigen war, wenn man sein Baumhaus bezog. Ambro war in diesem Jahr endlich alt genug mitzuhelfen und stolz darauf, dass ein Großteil der Bänder von ihm geknotet worden war.

»Du bist jetzt für unser Zuhause verantwortlich«, hatte der Vater feierlich verkündet. Du hilfst deiner Mutter, tust, was sie sagt, und du wirst jeden Tag kontrollieren, ob genügend Bänder im Wipfel hängen. Warum ist das so wichtig?«, fragte er streng.

»Damit die Feuerdrachen aus der Luft sehen können, wo Menschen leben. Es ist Warnung und Einladung zugleich. Sie dürfen kommen und hier rasten. Wo rote Bänder hängen, dürfen die Feuerdrachen nicht Feuer geben.« Ambro betete alles auswendig herunter, bemüht, nicht gelangweilt zu klingen, denn das ärgerte den Vater. Er wollte ihm zeigen, beweisen, dass man ihm ruhig etwas zutrauen konnte. Ambro fand, er war keineswegs zu jung dafür.

»Gut« sagte Olafur und küsste ihn zum Abschied aufs lockige Haar. »Ich hole jetzt deinen *Smok.*«

Ambro sah ihm lange nach. Der Vater hatte sich einen Gehstock, größer als er selbst, zurechtgeschnitzt und die Mutter hatte ihm einen Mantel genäht, den er stolz trug. Das Leder war dunkelrot gefärbt, schon aus der Ferne war zu erkennen, dass Olafur ein Hüter des Feuers war, selbst die aufgenähte Tasche am Rücken für sein Bündel, das er zu tragen hatte, war noch lange zu erkennen.

Olafur ging mit großen Schritten über die Holzbrücke, über den Neun-Drachenkopf-Fluss, weiter über die grünen Felder, und wurde kleiner und kleiner.

»Weißt du, dass die Männer, wenn sie in der Quelle sind, die ganze Zeit unter Wasser liegen müssen?« fragte Jori. Ambro war froh, dass sein bester Freund bei ihm war. Er wusste nicht, wie lange sein Vater weg sein und was danach passieren würde. Joris Vater hatte die Reise auch angetreten, vor zwei Wochen schon.

»Die ertrinken doch«, murrte Ambro und zeichnete seinem Sanddrachen die Flügel an.

»Dafür sind die Wasserdrachen da. Die geben ihnen Luft zum Atmen.«

»Das denkst du dir doch aus!«

»Nein, tu ich nicht.«

»Woher weißt du das dann?«

»Ich habe meinen Vater mit Pamu reden hören.«

»Quatsch. Die Männer dürfen darüber nicht reden. Mein Vater wird sogar böse, wenn ich nur danach frage.«

»Ja. Irgendwer schnauzt dann immer: Krieg selber Kinder und find es raus.«

Ambro schwieg. Er nahm sich vor, seinen Drachenbruder, seinen *Smok*, zu fragen. Vielleicht wusste er mehr und durfte sogar darüber reden.

»Hast du eine Ahnung, woher die Männer wissen, wann sie losmüssen?«, fragte Jori und pulte etwas Schorf von seinem linken Knie.

»Wenn die Frau schwanger ist. Meine Mama hat das gesagt.«

»Hat sie dir auch gesagt, wie die Frauen schwanger werden?«

»Eier legen sie jedenfalls nicht.«

Jori kicherte.

»Das erkläre ich dir, wenn du älter bist«, äffte Ambro seinen Vater nach.

»Wusstest du, dass da jede Menge schiefgehen kann?«, fragte Jori. Wie Ambro kannte er seit Wochen kein anderes Thema. Ambro wusste es, er wusste genau, was alles schiefgehen konnte.

»Wenn dem Mann auf dem Weg in die Berge etwas passiert, dann …«, Ambro beendete den Satz nicht. Sein Vater musste dort hin, in die Himmelsberge, er wollte nicht darüber nachdenken. Er war mit seinem Vater schon manches Mal zur Steppe der Erdlinge gelaufen. Wenn er müde geworden war und nicht mehr konnte, hatte der Vater ihn auf den Schultern getragen, und irgendwann, es schien eine halbe Ewigkeit gedauert zu haben, konnte man die Berge sehen. Er stand mit seinem Vater auf einem der braunen Hügel, er hörte die Erddrachen unter sich graben und wühlen und meinte, jeden Augenblick einzubrechen, meinte, in einen riesigen Maulwurftunnel hineinzufallen und verschüttet zu werden. Der Vater hielt beruhigend seine Hand und zeigte ihm rundum, wo was war. Das Meer, das giftig-grüne Meer lag im Osten, mit seinem Hafen und seinen Klippen *Zur Ankommenden Hoffnung*. Olafur wies mit der Hand in die Richtung und wirkte fast etwas feierlich. Ambro sah aber nur grüne Wiesen und kleine Hügel. Für ihn hätte das Meer auch auf dem Mond sein können. Die Himmelsberge lagen nördlich von ihnen, mehrere schneebedeckte Kegel, die in den Himmel ragten und deren Spitzen in den Wolken verschwanden. Die große Stadt Leolo lag im Nordwesten, Ambro war noch nie dort gewesen. Er lebte in einem kleinen Dorf, kannte jeden mit Namen, der hier wohnte. Die Vorstellung machte ihm Angst, von so vielen Menschen und Drachen umgeben zu sein. Er konnte tagelang umherziehen, durch Wälder und Wiesen streifen, ohne einer Menschenseele zu begegnen. In seiner

Vorstellung waren die Himmelsberge ein kalter Ort und dunkel. Es gab so viele Geschichten von Männern, die nicht wiedergekommen waren.

»Kennst du die Geschichte von dem Mann, der in den Bergen abgestürzt ist? Der Weg zu den Höhlen ist gefährlich«, erklärte Jori. Ambro wollte das nicht hören. Sein Vater hatte ihm gesagt, dass die Flugdrachen die Männer begleiten, aber nicht eingreifen.

»Sie durften nicht«, flüsterte Ambro. Der Mann war nicht in den Himmelsbergen angekommen, hatte kein Ei ausgewählt, es war kein Drache, kein *Halbbruder*, keine *Halbschwester* für sein Kind ausgebrütet worden.

»Der Sohn des Mannes kam tot zur Welt, als hätte er es gewusst. Als hätte er ohne *Drachenbruder* nicht leben wollen.«

»Ich habe Mama gefragt, warum der alte Silván nicht da war, er hätte doch vor der Geburt zu der Frau fliegen und ihr sagen können, dass er sich um das Kind kümmert.« Ambro war traurig. Schlimm genug, dass sein Drachenbruder von seiner Mutter wegmusste, er wollte nicht noch darüber nachdenken, was seinem Vater alles passieren konnte. Oder ihm. Silván war der älteste Drache Leotrims, also der älteste Drache, der noch lebte. *Der Kindshüter.* »Manche sagen, er wäre unsterblich.« Jori betrachtete den fertigen Drachen, den Ambro gezeichnet hatte.

Ambro nickte und schwieg. Er nahm an, dass Silván, da er der Älteste war, auch alle Antworten kannte. Alles, was es über Leotrim zu wissen gab. Bestimmt war er auch schon überall einmal gewesen. In Leolo. In den Mondbergen. Auf der Insel Drachenwart. Wenn es jemanden gab, der mit Sicherheit sagen konnte, ob es den *dunklen Drachen* gab oder nicht, dann war das Silván!

***

»Niemand ist unsterblich«, brummte der Vater auf Ambros Frage. Er hatte eine Menge Fragen zu Silván, dem Kindshüter von Leotrim.

»Ich habe Silván noch nie gesehen.«

»Den erkennst du sofort. Silván kann man nicht verwechseln.«

Wieder einmal bekam Ambro nicht die Antworten, die er haben wollte. Er dachte nicht so weit, dass er, wenn er einmal Kinder haben sollte, ihnen alles sagen würde, was er wusste. Seine Gedanken gingen kürzere Wege: *Ich finde das alles selbst heraus, wenn ich zur Schule gehe. Ich finde alle Antworten!*

Ambros Vater legte ihm oft die Hand auf die Schulter, wenn er mit ihm redete, oder er berührte ihn am Hinterkopf, als wollte er ihn zu sich heranziehen, stoppte aber in der Bewegung. Olafur Gulur redete, wenn er nicht gerade einen seiner Vorträge hielt, eher selten, und wenn, dann klang er wie ein alter Bär. Und so empfand Ambro seine großen Hände als schwer auf sich lastend, der Vater sah ihn an, als müsse er Gedanken lesen können, was er natürlich nicht konnte. Er meinte, im Blick des Vaters Enttäuschung zu erkennen und senkte schuldbewusst den Blick, auch wenn er keine Ahnung hatte, was er falsch gemacht hatte.

***

»Im Dorf sagt jeder, Silváns Rücken sei voller Namen«, meinte Jori, dessen Knie inzwischen blutete. »Ein paar seiner Schuppen sind schwarz. Aber sie sagen mir nicht, ob er sie geschwärzt hat oder ob sie von selbst schwarz geworden sind.«

»Mama sagt, die schwarzen Schuppen bedeuten, dass der Mensch hinter dem Namen in Ungnade gefallen ist. Was *in Ungnade fallen* bedeutet, erklärt sie mir natürlich auch erst, wenn ich älter bin.«

Jori leckte über sein linkes Knie und betrachtete neugierig sein Werk. »Meine Mutter sagt, Silván nimmt alle Kinder zu sich, die aus irgendeinem Grund keinen Drachen haben. Stell dir vor, bei Zwillingen entscheidet er, welches er nimmt.

Ambro fragte sich, wie er so eine schwere Entscheidung treffen konnte. Er nahm also ein Kind mit und lebte dann mit ihm in seiner Höhle, zog es groß, begleitete es ein ganzes Leben, überlebte am Schluss. Das war unnatürlich. Seine Mutter meinte, das sei kein schönes Leben, abseits des Dorfes, als wäre man krank.

»Die Leute tun sich schwer mit *Übrigen.*«

Ambro hatte Angst, seit Wochen träumte er schlecht, ihm oder seinem Bruder würde etwas passieren, sein Vater würde den Falschen abholen … oder kam ohne Drache zurück. *Er hat ihn ja noch nie gesehen, woher weiß er, welches mein Drachenbruder ist?*

In seinen Träumen kam Silván und holte ihn zu sich in seine Höhle und die war dunkel und fies. Er musste seine Eltern verlassen, weil er keinen Bruder hatte. Irgendetwas war schiefgegangen, so wie Jori gesagt hatte.

Momentan lebte kein *Übriger* bei Silván, es war viele Jahre her, dass es nötig gewesen war.

»Der Himmel färbt sich lila, wenn Silván einen *Übrigen* zu sich holen muss«, sagte Jori. Ambro hatte den Himmel die ganze Woche genau beobachtet.

***

Vor ihrem Baumhaus setzte Vater den kleinen Drachen auf die Erde, rief nach Ambro und da war er dann. Sein *Smok. Norwin.*

Er war hellblau.

Ambros Mutter fand, es sei ein schönes Blau, freundlich wie der Himmel an einem Sommertag. Ambro stand vor ihm, unsicher und aufgeregt zugleich, blinzelte zum Himmel und fand, ja, sein *Drachenbruder* Norwin sah genau so aus. Der Kamm auf seinem Kopf und am Rücken war dunkelblau, sein Körper hellblau, seine Pfoten aber waren weiß, als hätte die Himmelsfarbe nicht für seinen ganzen Körper gereicht. Ambro wusste, Norwins Tätowierung würde auch weiß sein, man nahm dafür immer eine Farbe, die der Drache schon hatte.

Blau. Das bedeutete, er war ein Flugdrache, und das bedeutete, Ambro würde fliegen lernen. *Er wird ein Hüter der Luft.*

»Kann er schon fliegen?«, flüsterte Ambro, an seine Mutter gewandt.

»Weiß ich nicht«, flüsterte sie zurück. Ihre Schwester Tara war ein Erddrache und Erddrachen flogen überhaupt nicht. Sie hatte keine Ahnung von Flugdrachen. Sie sah zu Olafur, der genau so ratlos wirkte. *Er wird doch nicht den Falschen geholt haben, dachte sie*, traute sich aber nicht, es laut auszusprechen.

***

Norwins Ohren waren ganz flauschig. Er hatte am Bauch und an den Ohren Fell, Mutter nannte es *die Dunen*. Die Dunen würde er erst mit der Mauser verlieren, aber jetzt waren sie ganz weich. Ambro mochte Norwin auf Anhieb, auch wenn er einen Kopf kleiner war als er. Das machte ihm nichts aus.

***

Den ganzen Weg aus den Himmelsbergen hatte Olafur diesen kleinen, blauen Kerl schweigend auf dem Rücken getragen und sich gefragt, ob das alles richtig war. Ambro ein Flieger? Bei allen Lichtern am Himmel, wie konnte das passieren? Er selbst war ein Mann des Feuers. Sein Sohn würde ihm nicht nachfolgen, als Flieger.

***

Norwin zitterte. Ambro sagte gar nichts. Mit großen, schwarzen Augen sah Norwin zu den Dreien auf, als wären sie das Eigentümlichste, das er je gesehen hatte.

Ambro löste sich als Erster aus seiner Starre und fiel Norwin um den Hals. »Endlich bist du da!«, rief er und hob ihn hoch. »Du bist ja leicht wie eine Gänsefeder.«

»Morgen bekommt ihr eure Namen«, sagte Vater. Mehr wusste er nicht zu sagen. Unbeholfen versteckte er seine Hände hinter dem Rücken. Smilla versuchte zu ergründen, was er dachte, doch er schüttelte nur unmerklich den Kopf.

»Ich muss dich so viel fragen«, flüsterte Ambro in Norwins flauschiges Ohr. Er antwortete nicht.

»Er kann noch nicht sprechen«, sagte Mutter.

Ambro setzte Norwin ab und sah ihn sich genau an. Himmelblau. Norwin hatte die Flügel sorgsam angelegt, er presste sie regelrecht an seinen dünnen Körper. Trotzdem war es deutlich zu erkennen: Der linke Flügel war kleiner als der rechte. Deformiert. Unbrauchbar. Jeder konnte es sehen.

DAKOTA

Hangameh strich Dakota mit dem Zeigefinger sanft über die Wange, als würde sie eine Träne wegwischen. Doch sie weinte nicht. Dakota sah mit großen, blaugrauen Augen auf die Chronistin herab, sie war inzwischen ein ganzes Stück größer als ihre ... ja, was? Han gab ihr Obhut und eine Aufgabe, aber sie nannte sie nicht Mutter, nicht Freundin, nicht Herrin. Nicht einmal Chronistin. Wieder einmal wunderte sich Dakota über die Geste, über die Zärtlichkeit von Han – und das Gefühl dazu; einen Namen zu wollen für das hier. Dakota fragte sich, ob diese Höhle ihr Zuhause war, ob es einen anderen Platz für sie gab und sie aus Feigheit oder Dankbarkeit nicht danach suchte. Sie bemerkte nicht, wie Han sie studierte, zu ergründen suchte, wer dieses eigentümliche Mädchen war mit dem fremd klingenden Namen, dem flammend roten Haar und der halbmondförmigen Narbe auf der Wange. Gleich unterhalb des rechten Auges. Hangameh berührte die Stelle gern, die Narbe begann zu glühen wie der Mond am schwarzen Himmel. Selbst ihr Haar glühte, wenn sie ins Dunkel des Archivs ging, je dunkler es um sie wurde, umso mehr Licht strahlte sie aus. Hangameh sah ihr in die Augen, versuchte ein Erkennen, ein Wissen zu entdecken; doch Dakota hatte keine Ahnung. Hangameh konnte die Narbe noch so oft berühren. Dakotas Gesicht blieb leer, unwissend, arglos.

Hangameh ließ von ihr ab, schickte sie in die Höhlen ihres Archivs. Eifrig ging das Mädchen los, es wollte alles tun, um Hangameh zu gefallen, sie sollte keinen Tag bereuen, das Findelkind am Ufer aufgelesen zu haben. Dakota war nützlich. Sie war gern im Dunkeln. Sie mochte die Höhlen. Sie wusste, dass Hangameh ihr oft folgte. Um ihre Arbeit zu überprüfen, vermutete sie. Sie machte keine Fehler, holte und brachte zurück, was ihr aufgetragen wurde. Kannte die Buchstaben und Symbole, verirrte sich nie, trödelte nicht.

Hangameh folgte dem Glühen. Wartete geduldig darauf, dass Dakota sich erkennen würde, so wie sie ihren Namen erkannt hatte. Denn Hangameh hatte keine Ahnung, wer oder was Dakota war.

DIE ZEREMONIE

Vierzehn, fünfzehn, sechzehn«, zählte Ambro. Seit er zählen konnte, zählte er alles, was sich ihm darbot. Schritte, Bäume, Baumhäuser, Treppenstufen, Stützen. Der Gemeindeplatz war von sechzehn Holzstützen eingesäumt, das Dach war reetgedeckt, sein Vater hatte ihm erklärt, dass man dieses Gebäude *Rondell* nannte. Er mochte das Wort. Der Boden war mit Natursteinen gepflastert, ein aufwendiges Schneckenmuster, Jori und Ambro rannten gern um die Wette. Heute rannte er nicht, er war zu nervös. Um ihn herum herrschte noch der übliche Marktbetrieb, als wäre heute kein besonderer Tag. Fisch wurde lauthals dargeboten, Gemüse und Obst wechselten den Besitzer, kleine Kinder erbettelten ein Stück Hefegebäck mit Zucker obendrauf. Der schwere Geruch von Brot lag in der Luft und der von Stinkeblumen. Lilien. Ambro zog die Nase kraus.

»Eins, zwei, drei«, flüsterte Ambro, als er die drei Stufen ins Rondell hinabstieg. Sein Vater trug Holzbänke herbei, eine nach der anderen, schweigend, sein Gesicht war eine nachdenkliche Grimasse. Seine Mutter Smilla stand unschlüssig bei Norwin, sah auf ihn hinab und begrüßte verlegen die Gäste, die kamen, um an Ambros Verbindungszeremonie teilzunehmen.

In der Mitte des Rondells, in der großen Feuerschale, brannte knisternd und tanzend ein Feuer. Ambro hätte gern einen Stock genommen und darin herumgestochert, die Funken zum Fliegen gebracht wie Glühwürmchen, aber heute war kein guter Tag dafür. Der Vater würde heute schimpfen. Also setzte er sich auf seinen Platz, dort machte er sicher nichts falsch.

Die Holzbänke, die der Vater anschleppte, einige seiner Freunde halfen ihm inzwischen, hatten keine Lehne. Sie hatten zwei Reihen im Kreis aufgestellt. Ambro war überrascht, wie schnell sich die Plätze füllten.

Er betrachtete weiter das Feuer und versuchte sich vorzustellen, wie früher die Eisen in der Glut angeheizt worden waren, bis sie tiefrot auf Haut und Schuppen gepresst wurden. *Das Geräusch muss widerwärtig gewesen sein*, dachte Ambro und war froh, dass es keinen Eisennamen, vom Schmied extra angefertigt, für ihn gab.

Die Mutter hatte es ihm versprochen, geschworen hatte sie es, bei allen Lichtern von Leotrim. Heute würde nichts glühend irgendwo hingepresst. Es dämmerte allmählich, die Geräusche entfernten sich, die Geschäfte wurden zu Ende gebracht, kleine Kinder ins Bett gesteckt.

Ambro hatte seine Mutter gefragt, warum das Ritual geändert worden war. Wie immer war er zu jung für die Antwort. Sein Vater sagte nur: »Man darf keinem Drachen Gewalt antun. Die Drachen empfinden die Zeremonie als sehr gewalttätig. Silván hat die Änderung verlangt.«

Der Vater ließ unausgesprochen, dass der eingebrannte Name zweimal schmerzte, bei der Zeremonie und noch einmal, wenn der *Broder* starb. Aber das war nicht der Grund.

Ambro beschlich das Gefühl, dass hier etwas schiefgegangen war, etwas, das er selbst herausfinden musste. Er spürte und verstand, dass es Fragen gab, die man sich selber beantworten musste. Fragen, auf die es keine einfachen Antworten gab.

***

Smilla zupfte Ambros Mantel zurecht, ihr Junge hatte das Talent, in all seinen Sachen irgendwie schlampig auszusehen. Sein blaues Leinenhemd hing immer schief an ihm, er war so furchtbar dünn, dass alles, was sie ihm schneiderte, zu groß wirkte, als wäre sie eine schlechte Schneiderin und nicht in der Lage, seine Maße richtig zu nehmen. Sie hatte ihn schon ein Dutzend Mal vermessen, nie passte ihm die Kleidung, manchmal unterstellte sie ihm Absicht, sie ärgern zu wollen, was natürlich Unsinn war. Wie sollte er das anstellen? Mit seinen Hosen trickste sie ihn aus. Vom Bund bis zum Beinsaum hatte sie außen kleine Ösen eingenäht, durch die sie jeden Morgen kreuzweise ein Lederband schnürte, sodass wenigstens die Hosen richtig saßen und er sie nicht tagsüber auf seinen Streifzügen verlor. Er war als Kleinkind nur in einem Leinenhemd herumgerannt und -geklettert, die schulterlangen Locken waren übermütig um seinen Kopf gehüpft wie Grillen im Sommer. Dafür war er inzwischen zu alt. Manch eine der anderen Frauen fand, man müsste ihm endlich auch das Haar kürzen, aber das brachte Smilla nicht fertig. Seine Locken gehörten zu ihm und solange er sich daran nicht störte, würde sie das Abschneiden nicht forcieren.

Den neuen Mantel hatte sie in der Nacht noch eilig blau gefärbt. Olafur war sich so sicher gewesen einen Feuersohn zu haben, dass sie Ambros Mantel in derselben Farbe gefertigt hatte wie den ihres Gefährten. Nun war das gute Stück noch feucht und alles andere als himmelblau. Es musste so gehen.

Norwin schlich zu seinem *Broder* und er zitterte nicht mehr, wirkte aber nicht gerade ruhig. Smilla lächelte ihn aufmunternd an.

Das wird schon, dachte sie, es muss ja.

Smilla nahm Platz auf einem Kissen, direkt hinter ihrem Sohn, und schloss die Augen. Sie spürte, dass Tara unter den Besuchern war, hinter den Holzbänken. Das Drachenmädchen war zu groß, um im Rondell einen Platz zu finden. Tara stieß einen kehligen Laut aus, zuversichtlich öffnete Smilla die Augen. Tara war außen herumgegangen, sodass sie jetzt im Blickfeld ihrer Schwester, ihrer *Siostra*, saß. Sie reckte den Kopf über die Menge, überragte die sitzenden Besucher, und schaute nur Smilla an.

»Ich bin hier«, sagte sie.

***

Ambro drehte sich nach seiner Mutter um, sie zwinkerte ihm zu.

»Du bist der einzige Junge, der heute sieben wird. Du hast die ganze Aufmerksamkeit für dich allein«, sagte sie.

»Toll«, meinte Ambro wenig begeistert. Seinen Freund Jori hier zu haben, wäre ihm deutlich lieber gewesen. Jori hatte seine Zeremonie schon hinter sich und er hatte ihn seit über einem Monat nicht gesehen. Das Leben mit einem neuen Bruder musste sehr aufregend sein, wenn man darüber keine Zeit mehr für seine Freunde hatte. Ambro seufzte.

Ein dunkelhaariges Mädchen, kaum älter als Ambro, trug erst ein Lesepult heran, dann einen kleinen Holzschemel und zuletzt ein riesiges, ledergebundenes Buch. Selbstbewusst und mit sicherer Hand schlug sie das Buch auf. Sie wirkte selbstzufrieden, die Seite schien auf Anhieb die richtige zu sein. Sie schenkte Ambro und Norwin ein scheues Lächeln und kramte aus einem Lederbeutel eine Gänsefeder und ein Tintenfass. Beides legte sie behutsam auf ihr Lesepult, im Holz war sogar eine Einkerbung für das Tintenglas und eine metallene Einfassung für die Feder. Dann setzte sie sich.

Ambro drehte sich nochmals zu seiner Mutter um.

»Ist das die Chronistin?«, flüsterte er.

»Ja«, flüsterte sie zurück.

»Die ist doch nicht mal zehn!« Ambros Stimme wechselte die Tonart in seiner Aufregung, Norwin sah neugierig zu ihm herüber.

»Pssst«, machte die Mutter streng.

Ambro betrachtete das Mädchen. Sie war etwas größer als er, niemand hatte ihm gesagt, wie sie aussah, und er hatte sich die Chronistin von Leotrim ganz anders vorgestellt; eine alte Frau, hutzelig und grau, und nicht ein junges Mädchen mit braunen Augen und den längsten Haaren, die Ambro je gesehen hatte. Sie war schön, fand er, und wunderte sich über den Gedanken. Sie hatte ihr braunes Haar aufwendig geflochten, mit diversen grünen und lachsfarbenen Perlen verziert, der Zopf floss wie etwas Lebendiges über ihre Schulter und sein Ende lag neben ihr auf dem Boden wie ein flauschiges Haustier. *Nur ihre Augen sind alt*, dachte Ambro, *sie sieht traurig aus*. Ihr knöchellanges Kleid war aus schlichtem Leinenstoff, vermutlich nicht einmal gefärbt, hellbraun. Alles passte zueinander, ihre Haare, der Stoff, selbst ihre dunkle Haut. Ambro hätte sie gern berührt, nur kurz, um zu sehen, ob sie sich wie eine Olive anfühlte. *Ihr Name passt gar nicht zu ihr, er ist zu lang, zu hart, zu …*

»Ich bin da, ich bin da«, unterbrach der Vater Ambros Gedanken. Verschwitzt nahm er hinter Norwin Platz, er streckte die Hand aus nach seiner Gefährtin und sie hielten sich, für einen kurzen Moment, wie um sich gegenseitig Kraft zu geben für die kommenden Herausforderungen.

Hangameh sah Ambro direkt an und lächelte leise. Ambro konnte den Blick nicht deuten, war das Neugier? Machte sie sich lustig über ihn? Was sollte dieses Kräuseln in den Mundwinkeln? Ihr Blick wanderte weiter, fast physisch tastete sie die Besucher im Rondell ab, nichts entging ihr. Sie schrieb einige Worte in ihr

Buch, die Leute verstummten. Ambro spürte, dass es jetzt ernst wurde. Norwin hatte nur vor sich hingestarrt, niemanden, nicht einmal Hangameh, direkt angesehen. Jetzt, wie verabredet, sahen sie sich an.

Ambro hatte keine Zeit, auf die beiden zu achten. Hinter Hangameh, im Dämmerlicht, kam ein Drache heran, gehend, nicht fliegend. Er bewegte sich langsam und behutsam, als hätte er Sorge, irgendetwas oder irgendjemanden zu verletzen, durch seine bloße Anwesenheit. Ambro stupste seinen Vater an, als könne er den Drachen übersehen haben. Doch niemand übersah Silván.

»Bei allen Monddrachen, den kann man wirklich nicht verwechseln«, flüsterte Ambro. Vater und Mutter machten gleichzeitig »Pscht!«

Hangameh drehte sich um. Silván stieß einen kurzen, kehligen Laut aus, um die Anwesenden zu begrüßen.

Sieben oder acht Drachen erwiderten den Gruß.

Nun war es Ambro, der vor Aufregung zitterte. Silván, der Kindshüter von Leotrim, der älteste lebende Drache, kam zu seiner Verbindungszeremonie. Das musste er Jori erzählen. Und es stimmte: *Silván war riesig und schmutzig-weiß und alt und voller Namen.* Ambro hatte noch nie einen Drachen von dieser Größe gesehen, tausend Fragen schossen ihm durch den Kopf, er musste nach der Zeremonie zu ihm, er durfte nicht einfach gehen, anschließend. Die Mutter spürte Ambros Aufregung, legte ihm beide Hände auf die Schultern und drückte ihn auf seinen Platz nieder.

»Silván fragt man nichts.« Sie hatte leise gesprochen, aber scharf, Ambro verstand, enttäuscht sackte er zusammen.

Hangameh stand auf und trat an den Rand des Rondells. Mit ausgestreckter Hand berührte sie Silváns Nase zwischen den Nüstern und er schnaubte ihr ins Gesicht. Die Haare, die feinen

Haare, die es nicht in den Zopf geschafft hatten, wehten um ihr Gesicht wie an einem stürmischen Tag.

»Ist er das?«

Ambro hatte keine Lippenbewegungen gesehen, dennoch, es konnte kein anderer als Silván gesprochen haben, dunkel und tief. *Wenn eine Höhle sprechen könnte, eine fiese, in der man übrige Kinder großzieht, sie würde so klingen.*

Ambro zitterte noch mehr, er dachte, Silván würde ihn meinen.

Es ist etwas schiefgegangen, dachte Ambro. »Holt er mich jetzt?«, fragte Ambro seinen Vater, den Tränen nah. »Der holt mich doch nicht, Papa?«

Der Vater berührte wieder seinen Kopf, zog ihn aber diesmal zu sich heran, und erwartete nicht, dass Ambro Gedanken lesen konnte. »Nein«, sagte er.

»Niemand holt dich«, flüsterte die Mutter.

Aber jetzt war es auch schon einerlei. Er saß hier und heulte und alles war ganz falsch. Silván hat hier gar nichts zu suchen, maulte er innerlich, und Hangameh sollte eine alte, hässliche Frau sein und Norwin sollte zwei gesunde Flügel haben und ich sollte ein Flieger werden. Einer, der nicht heult.

Der Vater hob ihn zu sich auf seinen Schoß und tröstete ihn leise, er schaukelte ihn mit dem Oberkörper vor und zurück, ganz leicht, und das beruhigte Ambro endlich.

»Können wir die blöde Zeremonie verschieben?«, fragte Ambro so leise er konnte.

»Nein.« Der Vater schlang beide Arme um ihn, ganz fest, die Mutter trocknete ihm mit einem Taschentuch das Gesicht.

Norwin achtete nicht auf seine neue Familie, auf seinen weinenden Bruder. Das musste warten. Er und Silván starrten sich lange an.

»Ja, das ist er«, sagte Hangameh. Auch sie sah Norwin an und hatte für nichts anderes Augen. Silván legte sich nieder. Nur liegend konnte er Zeuge der Zeremonie sein, das Reetdach versperrte ihm einen Blick von oben, seiner üblichen Perspektive. Er hatte die Flügel angelegt – beim Gehen hatte er sie leicht vom Körper abgespreizt, als wollte er sich durch den Wind Kühlung verschaffen. Nun lag alles hübsch an seinem Platz. Seine schmutzig-weißen Federn reichten von der Schulter bis zu den Hinterläufen, liegend sah er aus wie ein frisch aufgeschütteltes Federbett. Die Vorderläufe legte er bequem übereinander und den Kopf obendrauf. Er füllte dennoch den ganzen Marktplatz aus mit seinem Körper. Einige der Drachen, die als Besucher da waren, rückten ab, um ihm genügend Raum zu gewähren. Auch Tara suchte sich einen neuen Platz.

Hangameh setzte sich auf ihren Schemel und es sah unheimlich aus, wie sie da unweit Silváns Maul hockte und hinter ihr wie ein riesiger Schatten der Drache aufragte, Maul und Ohren und riesige Pfoten. Ambro bemerkte die Krallen. Der Vater schob ihn sachte auf seinen Platz, die Mutter legte wieder ihre Hände auf seine Schultern. Vor Aufregung hatte er Schluckauf bekommen und er sah ganz verheult aus, mit roten Augen und laufender Nase. Geräuschvoll zog er sie hoch und hickste.

Hangameh blätterte in ihrem Buch von der aktuellen, leeren Seite drei oder vier Seiten nach vorn. Ambro betrachtete neugierig ihre krakelige Schrift. Kein Fitzelchen war mehr frei auf dem Papier, kein Buchstabe würde da noch Platz finden.

»Ich habe deinen Bruder Nantwin gesehen, das ist erst einige Sonnentage her.«

Norwins Ohren zuckten. *Er versteht alles, auch wenn er nicht spricht*, dachte Ambro. Seit seiner Ankunft hatte Norwin keinen Piep von sich gegeben.

HANGAMEH

Kann ich mit?«, fragte Dakota. Sie kniete vor dem kleinen Schreibpult, an dem Hangameh am liebsten arbeitete. Ihr Zuhause war eine weitläufige Höhle, auf halber Höhe der Klippen von Mora. Vom Eingang ihrer Höhle führte eine in Stein gehauene Treppe nach unten zum Strand, dort hatte Hangameh ihr Mündel Dakota vor vielen Winterwenden gefunden und in ihre Höhle getragen. Eine andere Treppe, eine schmale, gewedelte, führte aus einem der A rchive nach oben, hinauf an die Küste *Zur Ankommenden Hoffnung*. Nur wer den Höhleneingang kannte, und das taten Wenige, konnte in der Steinformaton, die wie achtlos von einem riesigen Kind hingeworfen dalag, den Eingang erkennen. Unzählige Schafhirten waren daran vorbeigegangen, ohne zu wissen, wie nah sie ihrer Chronistin waren. Viele Flugdrachen waren schon darüber hinweggeflogen, ohne den Hauch einer Ahnung.

Dakota verließ die Höhle nur selten. Einer der Hüter des Hafens versorgte sie regelmäßig mit Lebensmitteln, als Kenner des Eingangs brauchte er keine Treppen, sondern steuerte den Höhleneingang direkt an. Manchmal kam ein Fischer die Treppen hinaufgestiegen, wenn er einen guten Fang gemacht hatte und die Chronistin an seinem Glück teilhaben lassen wollte, dann legte er einen Korb auf der obersten Treppenstufe ab.

Dakota war immer zurückhaltend, scheu und hielt sich in einer der Nischen versteckt, redete mit niemandem, zeigte sich selten oder nur auf Wunsch von Hangameh.

Sie drückte sich aber oft an den Höhlenfenstern herum und schaute sehnsüchtig aufs Meer. Wie in einem Maulwurfsbau wanden sich Gänge und weite Strecken an der Küste entlang, durch den schwarzen Granit nach oben und unten und tief ins Gestein hinein. Dakota kannte alle Wege, doch wenn sie nicht in den Berg musste, blieb sie an der Küste, huschte von Höhlenfenster zu Höhlenfenster und beobachtete die Menschen auf dem Wasser, wie sie versuchten, dem Gift etwas Nahrung zu entreißen. Oder sie besah sich die Wasserdrachen, Hangameh wusste, dass Dakota sich mit Rem angefreundet und ihm tausendmal dieselben Fragen gestellt hatte. Hangameh bewunderte den jungen Drachen für seine Geduld. Offenbar mochte er Dakota, er wurde nie unwirsch, ließ sie nie wortlos stehen, wie es sonst oft die Art der Meerdrachen war. Hangameh fragte sich, ob Rem genauso darauf wartete, wie sie es tat, dass die Lichter von Leotrim offenbarten, was es mit dem Kind auf sich hatte. Sie glaubte nicht, dass es reine Freundlichkeit war.

Es war ein warmer Tag, Hangameh hatte ihr Schreibpult direkt vor eine der unverglasten Öffnungen geschoben und genoss die Brise, selbst wenn sie sauer roch, die ihr um die Nase wehte und ihr Haar in Unordnung brachte. Im tiefsten Inneren mochte sie Unordnung, nur durfte sie sich in ihren Büchern keine erlauben.

»Du gehst sonst nie mit.«

»Ja, ich weiß. Diesmal würde ich aber gern.«

»Man wird dich sehen. Da werden eine Menge Menschen sein.«

»Du sagst *Nein?*«

Hangameh besah sich ihr Mündel; es pulte nervös an einem Wachsfleck herum und sah ihr nicht in die Augen.

»Dakota«, sagte Han sehr leise, und das Mädchen sah auf. »Ich würde dich sehr gern mitnehmen, dir muss nur klar sein, was dich erwartet.«

»Du könntest sagen, dass ich deine Assistentin bin, dass ich in der Lehre bei dir bin. Du hast auch keine Drachenschwester, niemand wird sich wundern. Niemand wundert sich über dich.«

Hangameh legte ihre Schreibfeder zur Seite, sah an ihr vorbei aufs Meer, sah den Horizont, und hoffte, da kein Zeichen am Himmel war, kein Wölkchen und keine Antwort, dass sie das Richtige tat.

»Gut.«

Dakota glühte vor Aufregung, ihre Haare, der kleine Halbmond.

»Gut«, antwortete das Mädchen mit einem schüchternen Lächeln. Sie wusste nicht, ob sie sich mehr freuen oder ängstigen sollte.

»Ich möchte, dass du einen Mantel mit Kapuze trägst und dich im Hintergrund hältst.«

DIE NAMENSGEBUNG

»Wer bringt diesen Jungen zur Namensgebung?«, fragte Hangameh ernst und mit fester Stimme. Ambro rührte sich nicht. Er sah aus den Augenwinkeln, dass Norwin so angststarr war wie er. Er blinzelte, nahm seinen ganzen Mut zusammen, so wie man aus einem fast leeren Topf die Reste herauskratzt und hofft, dass es noch reicht, um den Hunger zu lindern, und streckte die Hand nach seinem *Smok*, seinem Drachenbruder, aus. Norwin sah zu ihm herüber, ergriff die Hand, umfasste sie sachte, und Ambro bemerkte staunend, dass die Augen seines Bruders gar nicht schwarz waren, sondern blau. *Wie meine*, dachte er und die Angst ließ plötzlich nach. Als hätte es nie einen Grund dafür gegeben.

»Ich«, sagte Ambros Mutter und stand auf. Sie legte ihre Hände erneut auf die Schultern ihres Sohnes. Warme Behaglichkeit breitete sich in ihm aus. *Mama ist da, alles wird gut.*

Sie wischte sich eine Haarsträhne aus dem Gesicht, bevor sie sprach: »Ich, Smilla Brosa, aus den tiefen Bergen. Mein Sohn wird heute sieben.«

»Wie ist dein Name, Sohn von Smilla Brosa?«, fragte Hangameh.

Ambro betrachtete neugierig das Buch der Chronistin. Es lag in ihren Händen wie ein großes Tablett und die Feder kratzte über das Papier, ohne dass Hangameh die Feder auch nur berührte. Er fragte sich, ob sie die Feder mit den Augen steuerte oder ob es ein

Ding mit Seele war, ähnlich dem *Launigen Vincent*. Gehört hatte er jedenfalls noch nie von so einem Kunststück. Hangameh war aufgestanden, der Zopf hatte sich etwas gelöst und ihr wehendes Haar sah ein bisschen so aus wie Wäsche auf der Leine. Unverhohlen starrte er sie an und wusste gar nicht, was er zuerst fragen sollte. Die Hände seiner Mutter packten kräftig zu und zogen ihn auf die Beine.

»Ähm«, krächzte er.

»Stell dich richtig hin und sag deinen Namen!«, flüsterte seine Mutter scharf.

»Ambro Gulur, der Erste«, brachte er hektisch hervor.

»Wer bringt diesen Drachen zur Namensgebung?«

»Ich«, sagte Olafur und stand seinerseits auf. Er legte seine Hand, auf seine ganz typische Weise, wie er es sonst bei Ambro tat, auf Norwins Kopf.

»Ich, Olafur Gulur, aus dem gelben Wald. Mein Sohn wird heute sieben.«

»Wie ist dein Name, Sohn von Olafur Gulur?«

»Norwin aus den Himmelsbergen.«

Er kann ja doch sprechen!, dachte Ambro begeistert. Erstaunt sah er seinen Bruder an. Seine Lippen hatten sich nicht bewegt. *Ich hab ihn doch gehört.* Norwin drückte seine Hand.

»Ambro und Norwin,
Halbbrüder im Blut,
Smok und Broder,
Kinder von Leotrim,
die Lichter haben euch auserwählt
und eure Verbindung ist vorherbestimmt.
Seid tapfer, seid euch treu,
tragt euren Namen mit Stolz.

Denn das ist es, was ihr seid:
Drachenbrüder.«

Die Chronistin legte ihr Buch beiseite und reichte Smilla ihre Gänsefeder, dieses erstaunliche Ding, das einfach so schreiben konnte. Smilla drückte Ambros Kopf nach vorn. *Wieso ist sie dermaßen stark?*, fragte sich Ambro, der sich nicht widersetzen konnte. Mit ihrer warmen Hand schob Smilla Ambros dunkelblonde Locken beiseite. Ambro schloss die Augen. *Das halte ich schon aus, ich habe keine Angst. Ich bin tapfer und treu und stolz.*

Ambro kniff die Augen zusammen und ließ Norwins Pfote nicht los. Er spürte die Krallen auf seinem Handrücken, was der Situation etwas Wirkliches gab, während alles andere wie ein Traum wirkte.

Die Feder pikste. Es tat nicht weh, aber die feine Linie, die seine Mutter beschrieb, war warm. Ungewöhnlich warm. Sie schrieb sanft, Ambro spürte ihre typischen Kringel, die ihre Handschrift ausmachten, sie kitzelten sogar ein bisschen. Warme Finger, wie die Tentakel eines Tintenfischs, wanderten seinen Rücken hinab, von jedem neuen Buchstaben ausgehend, Ambro wurde warm und wärmer, der ganze Brustkorb, sein Bauch, alles in ihm wurde blau. Ein heißes, glühendes Blau. Kochende Tinte.

»Mama.«

»Scht. Das ist Norwin.«

Ambro machte die Augen auf und schielte hinüber. Norwin glühte. So wie ein See glüht, wenn die Sonne sich an einem heißen Sommertag im Wasser spiegelt. Smilla ließ von Ambro ab und reichte die Feder weiter. Ambro sah seinem Vater zu, wie er schwungvoll seinen Namen schrieb und wie der Name tief in die Schuppe einsank. Es sah aus, als hätte der Vater einen halben Fingerbreit in die Schuppe hineingestochen, hineingekratzt, aber das war mit einer einfachen Gänsefeder völlig unmöglich.

»Ihr habt nun eure Namen, ihr könnt euch ansprechen«, sagte Hangameh und nahm ihre Feder von Olafur entgegen.

»Ambro.« Ambro hatte seinen *Smok* nicht aus den Augen gelassen. Seine Lippen hatten sich nicht bewegt. Kein Zucken, nichts. Und doch hatte er laut und deutlich seinen Namen gesagt.

Wieder griff Smilla beherzt zu, so wie man einen Hasen im Genick packt. Ambros Schultern schmerzten unter ihren Händen.

»Norwin«, sagte er schnell. Ihm war immer noch warm, auf gute Art.

Alle starrten ihn an, unfreundlich. Irgendetwas hatte er falsch gemacht, er drehte sich um, selbst seine Mutter schien enttäuscht. Sie ließ ihn los. Die Zeremonie war vorbei.

Hangameh drehte sich um, tausend Fragen brannten ihr auf der Zunge, doch sie wollte nur die Zeit haben für eine einzige. »Silván«, rief sie ihm nach. Doch der alte Drache tat, was er immer tat: Er ließ sie wortlos stehen.

***

»Wie unsinnig«, sagte Pamu, an Olafur gewandt. Sie räumten gemeinsam die Bänke weg. Olafur war brummig und antwortete nicht. Ihm gingen andere Dinge durch den Kopf.

»Wozu braucht die Chronistin einen Lehrling? Sie ist die Zeit selbst. Sie altert nicht.« Pamu sprach leise, wie zu sich selbst. Ein Lehrling der Zeit. Das ging ihm nicht in den Kopf. Von Olafur konnte er heute keine richtige Antwort erwarten. Sein Drachenkind war ein Krüppel, jeder hatte es am heutigen Abend gesehen. Sollte er noch Hoffnung haben, so war Olafur ein Narr, fand

Pamu. Und Ambro? Ein lieber Junge. Doch er hatte seinen *Smok* nicht erkannt. Er hatte leotrisch geantwortet, nicht mowarisch.

Und nun noch dieser eigentümliche Lehrling. »Sie stirbt nicht«, redete er weiter. Olafur sah ihn wütend an.

»Wozu ein Lehrling, wenn sie doch nie stirbt?«

»Ihr Name ist Dakota«, sagte Olafur schlicht.

»Ja, gut. Dakota. Aber …«

»Nichts aber. Stell dir vor, du lebst das ganze Jahr allein in einer Höhle. Hättest du nicht gern Gesellschaft?«

Pamu stutzte.

»Vor allem dann, wenn du weißt, dass du nie stirbst?«

Pamu nickte. »Ja, gut«, sagte er erneut. So hatte er es noch nicht betrachtet und er wollte dem Freund heute nicht noch einen Streit aufhalsen.

»Aber ihr Name?«

»Ist nur ein Name.«

Pamu griff nach der nächsten Bank und Olafur half ihm nicht. Er stand da und starrte auf das steinerne Schneckenmuster des Rondells, als erhoffte er sich dort eine Antwort.

Pamu mühte sich ab, sah aber ein, dass er keine Hilfe bekommen würde.

»Findest du es nicht merkwürdig, dass dieses Mädchen seinen Namen von Hangameh bekommen hat, dazu so einen seltsamen? Und findest du es nicht ungeheuerlich, dass sie keine Drachenschwester hat? Nicht mal Silván kümmert es …«

»Was deutest du an, Pamu?«

»Na ja, vielleicht ist sie ja nicht von hier?«

Olafur dachte darüber nach. Er setzte sich auf den Rand, auf die Einfassung des Rondells, während Pamu die letzte Holzbank auf den Stapel hievte.

»Vielleicht«, murmelte er, »wäre das so schlimm?«

Pamu kam zu ihm und ließ sich plump neben ihn auf den Boden fallen.

»Macht dir das keine Angst? Stell dir mal vor, sie käme von einem Ort, wo alle so aussehen wie sie. Lauter merkwürdige, stumme Menschen, alle ohne Drachen.«

Olafur versuchte tatsächlich, sich so einen Ort vorzustellen. Dass sein Sohn nicht mowarisch sprechen konnte, ahnte er schon eine Weile. Weder Tara noch Aidar hatten ihm je berichtet, dass Ambro auf jene Weise mit ihnen gesprochen hätte. Im Winter, in den Höhlen, wenn alle nah beieinander wohnten und viel Zeit miteinander verbrachten, hatte schon manch ein kleines Kind, ganz natürlich, die Gedankensprache verwendet, ohne es wirklich zu bemerken. Er hatte seinen Sohn beobachtet, nur wahrhaben wollte er es nicht. Selbst wenn er ihn berührte, direkt hinter den Ohren oder am Hinterkopf, blieb der Junge still.

Er würde kein Feuerbringer werden. Er hatte einen Drachen, der nicht fliegen konnte. Er hatte keine Verbindungssprache. *Was soll nur aus ihm werden?* Olafur stützte sein Gesicht in beide Hände. Pamu klopfte ihm unbeholfen auf die Schulter.

HEUTE LERNST DU FLIEGEN

Odd Domdar kleidete sich an: Schwarze Leinenhosen, die er mit einer Lederkordel kunstvoll an den Waden verschnürte, ein schwarzes, enges Oberhemd mit lediglich drei Knöpfen am Halsausschnitt und ein schwerer Ledergürtel. Kein Umhang. Lehrer wie er trugen keinen, der war nur hinderlich, wenn man im Amberbaum hoch- und hinabkletterte. Nichts an seiner Kleidung durfte irgendwo hängen bleiben, diese sollte vielmehr wie eine zweite Haut sitzen. Selbst den Gürtel durfte er eigentlich nicht tragen, aber bisher hatte ihn noch niemand deshalb kritisiert und verlangt, er möge ihn ablegen. Mit den Fingern berührte er die silberne Schnalle – der einzige Hinweis darauf, dass er ein Hüter der Luft war – und streichelte mit den Fingerkuppen den eingravierten Flugdrachen, wie ein Blinder. Er schloss einen Moment die Augen und murmelte: »Neuer Tag, neues Glück.« Sie hatte das immer gesagt und es war reine Gewohnheit, nicht Überzeugung, mit der er die Worte sprach. Schon als Kinder hatten sie sich unterschieden. Seine Gedanken waren immer schwer gewesen. Nicht düster, aber über ihm lastend wie eine Regenwolke. Sie war seine Sonne gewesen. Er setzte seine Brille auf, fuhr sich durchs kurze, blonde Haar und ließ die Schultern einmal nach hinten kreisen. Das lockerte seinen Rücken, er stand aufrecht da, die hängenden Schultern, passend zu seinen Gedanken, erlaubte er sich nur in seiner kleinen Kammer. Aufrecht trat er hinaus.

Neuer Tag, neues Glück.

***

Etwas kitzelte Ambro an der Nase. Er rieb an ihr. Etwas war in seinem Bett. Er schob es beiseite. Es kam zurück.

»Aufstehen, Schlafmütze!«, rief Smilla zum wiederholten Male. Ambro schlug die Augen auf und sah sich selbst – gespiegelt in Norwins schwarzen Augen. *Schwarz?* Ambro brachte den Gedanken nicht zu Ende. Norwin saß auf seinem Bauch, beugte sich herab, als wollte er ihn küssen.

Drachenküsse, igitt. Ambro konnte den Atem seines *Smoks* im Gesicht spüren und er konnte ihn riechen. *Sauer, wie geronnene Milch.*

»Ambro, raus aus den Federn! Willst du an deinem ersten Tag zu spät kommen?« *Richtig, Schule.* Ambro sollte ab heute zur Schule. Smilla kam durch die Luke in Ambros Kammer geklettert. Er mochte seine Kammer unendlich gern und fand, er hatte das beste Zimmer im ganzen Baum, zumindest lag es am höchsten. Der kräftige Baumstamm wuchs mitten hindurch – das stimmte natürlich nicht, seine Kammer war um ihn herumgebaut, dennoch fühlte es sich an, als käme die Linde aus dem Boden wie ein Besucher und wuchs einfach weiter nach oben, aus dem Dach heraus, als ginge sie das hier nichts an. Er hatte gleich zwei Fenster und eine Dachluke, durch die er kletterte, wenn er sich um die roten Bänder kümmern musste – nachts ließ er sie oft offen stehen und besah sich die Blüten im Wind, die flatternden Stoffbänder und natürlich die Lichter der Sterne, die neugierig hereinlugten. Er hatte Jori schon hundertmal erzählt, er habe die Flug- und Feuerdrachen gehört, wie sie über ihn hinweggeflogen waren, aber Jori hatte ihm nicht geglaubt. Drachen fliegen leise. Nicht wie Eulen, aber leise. Das Bett von Ambro lag direkt unter der Dachluke. Norwins Nest konnte er von hier aus auch gut sehen, es war in einer Astgabel, linker Hand über ihm.

Smilla hob Norwin von Ambros Bauch, vorsichtig, wie man es bei einem kleinen Vogel macht. Einem Vogel, der immer noch kaum einen Piep von sich gegeben hatte. Ambro rieb sich die Augen und strampelte die Bettdecke von sich.

»Mama, wann fängt Norwin endlich an, mit mir zu reden?«

»Das weiß ich nicht«, sagte sie zögerlich und brachte es nicht fertig zu sagen: *Wann fängst du an zuzuhören?*

»Es gibt welche, die sprechen einfach nicht.«

»Können die es nicht oder wollen sie nicht?«

Smilla sah ihren Jungen traurig an. »Ich weiß es wirklich nicht«, sagte sie. Sie steckte Norwin in die weiße Waschschüssel auf der Kommode und goss eine Kanne Wasser über ihn. Er war zu groß für die Schüssel, zukünftig musste sie ihn in der Zinnwanne im Garten waschen. Es war offensichtlich kaltes Wasser, er duckte sich und wollte sich aus ihrem festen Griff winden. Ambro kicherte und hoffte, dass sie ihn vergessen würde. Er mochte nicht gewaschen werden, Norwin offensichtlich auch nicht, er legte die Ohren an und versuchte, sich in der Schüssel zu verstecken, was die Sache nur schlimmer machte. Norwin sah Smilla mit großen und vorwurfsvollen Augen an.

Kumpel, das funktioniert nicht, gegen die Mitleidsnummer ist meine Mutter gefeit, dachte Ambro belustigt. Norwin schaute Ambro an, richtete sich auf.

Hat er mich gehört?

Smilla hob Norwin aus der Schüssel, wickelte ihn gekonnt in ein Handtuch und rubbelte ihn trocken. Norwin schloss genussvoll die Augen.

»Hab ein bisschen Geduld«, sagte sie schließlich, wie zu sich selbst.

»Sobald er merkt, dass es ihm hier gut geht, fängt er schon an und plappert uns die Ohren voll – ganz wie du.« Sie drückte Norwin einen Kuss auf die Stirn.

He, was ist mit mir? Meine Stirn ist ungeküsst und gewaschen bin ich auch noch nicht!

Norwin kämpfte sich aus dem Handtuch heraus, aus den Armen von Smilla und kletterte wieder in Ambros Bett. Unbeholfen stupste er seinem *Broder* einen Kuss auf die Nase.

Er hört mich also.

***

Die verschiedenen Unterrichtsebenen waren vom Boden aus nicht zu sehen. Das Blattwerk war dicht und dunkel. Ambro stand auf dem Sammelplatz vor dem Amberbaum – *dem Baum der Fragen* – und wartete darauf, abgeholt zu werden. Alle schienen zu wissen, wo sie hingehörten oder was sie wollten, nur er nicht. Er war neu und er hasste es.

***

Der Vater hatte ihm geraten, gleich zu Beginn den Unterricht der Flieger zu besuchen. Dort würde man sicher Rat wissen, was Norwin anging. Der Vater hatte die Hoffnung noch nicht aufgegeben, dass Norwin vielleicht doch noch fliegen würde, eines Tages. Nachts hatte er wach gelegen und darüber nachgedacht, warum Ambro noch nicht ein einziges Mal mit Aidar geflogen war. In den Morgenstunden musste sich Olafur aber eingestehen, dass Ambro gar nicht wissen konnte, wie man von einem Drachen getragen wurde – Smilla und er selbst hatten nichts unternommen, ihren Sohn nicht unterwiesen – mit einem Drachen zu sprechen oder gar zu fliegen, mit dem man nicht verbunden war, schien ihm ungebührlich. Die Erkenntnis, seinem Sohn vieles vorenthalten zu haben, schmerzte ihn.

Ihm wäre es zwar am liebsten gewesen, Ambro und Norwin hätten zu den Feuerbringern gehen können – dort hätte er ein Auge auf die zwei haben können, aber er machte sich keine Illusionen. Es würde schwierig werden, die beiden überhaupt in einer Gruppe unterzubringen und sie einen Beruf lernen zu lassen, das war ihm klar.

***

Ambro hatte es nie laut ausgesprochen, hoffte aber, in der Schule etwas über die Buchbindekunst zu lernen. Er war fasziniert von Büchern. Im Winter, wenn mehrere Familien zusammenlebten und die wenigen Bücher, die es gab, ausgetauscht wurden, verbrachte er Stunden damit, sich im Kerzenschein die Schriften und Zeichnungen anzusehen, sich vorlesen zu lassen und sich anschließend Fortsetzungen zu den gehörten Heldentaten auszudenken. Vielleicht müsste er in eine der größeren Städte, um dort etwas über das Buchbinden zu lernen. Zwar machten ihm die großen Städte nach wie vor Angst, doch in Burry gab es keinen Buchbinder, auch niemanden, der Auftrags-Schreibarbeiten übernahm. Ihm war klar, dass er hier die nächsten Jahre damit zubringen würde, den Bootsbau zu erlernen, Gemüse anzubauen und Brot zu backen. Brotbacken war nichts Schlechtes, sein Vater war ein guter Bäcker und angesehen in Burry, aber Ambro fand es furchtbar langweilig seinen Vater zur Arbeit begleiten zu müssen, wenn seine Mutter keine Zeit für ihn hatte. Nun, da er zur Schule musste, waren die Nachmittage beim Backhaus vorbei. Ebenso seine Streifzüge durch die Wälder.

Der Vater war ungewöhnlich großzügig zu ihm gewesen die letzten Tage, so, als müsste er etwas ausgleichen. Olafur hatte ihm mehrere Bögen Pergamentpapier geschenkt, das gute Papier. Bisher hatte Ambro sich sein Papier handgeschöpft. Nun machte ihm der Vater ein weiteres Geschenk, für die Schule. Einen Lederbeutel mit Schnur, in dem er seine kleinen Quadrate lose gestapelt verstauen konnte. Seine Notizen trug er, zusammen mit einem Bleistift und einigen Kohlestiften, um den Hals. Unter dem Hemd. Nervös wie er war, griff er nach dem Beutel, fühlte darin seine Schätze und das gab ihm Zuversicht. Er wusste, das Leder war braun, und doch meinte er einen Augenblick, es sei hellblau. *Unsinn*, dachte er.

Ambro versuchte, ein freundliches Gesicht auszumachen und zu diesem Lehrer wollte er hingehen, gleichgültig was der Vater ihm geraten hatte. Abgesehen vom Schreiben, das er schon in Druckbuchstaben beherrschte, interessierte er sich eigentlich nur noch für *Geschichte* und *Drachenkunde*. Wie man Feuer machte, ein Floß baute oder einen Hasen fing, wusste er schon. Der Vater hatte ihm all diese Dinge beigebracht. Er wusste aber, er würde es nicht umgehen können, sie würden ihm auch rechnen beibringen und er würde einen Garten anlegen und Gemüse anbauen – das wurde von jedem Kind erwartet. Und schwimmen. Er würde im Neun-Drachenkopf-Fluss schwimmen lernen müssen.

Die Treppe führte zur ersten Ebene, einer hölzernen Plattform, die einmal um den massigen Baumstamm herumführte. Von dort aus ging es weiter, mit Strickleitern nach oben, zwölf kräftige Äste fächerten den Amberbaum mit seinen blutroten Blättern in die Breite. Ambro stellte sich direkt neben die Treppe und legte eine Hand auf das Geländer, es musste aus einem anderen Holz sein, Amberholz war dunkel und zäh.

Der Baum der Fragen musste viel aushalten. Wie viele Schüler sind hier schon hinaufgeklettert, haben Blätter abgerissen, kleine Äste abgebrochen, die Rinde geschädigt, nur um ihren Wissensdurst zu stillen? Ambro streichelte über das Geländer und vermutete: Buche. Er versuchte zu erkennen, ob es ein System gab, versuchte zu zählen, wie viele kleine Kammern es gab, in denen Unterricht abgehalten wurde – manche Ebenen hatten nicht einmal ein Geländer oder ein Dach, sie wirkten wie ein Floß im Blättermeer. Er hatte schon den Fuß auf der ersten Stufe, bereit, loszuklettern und alles zu entdecken, was der Amberbaum zu bieten hatte, da tippte ihm jemand auf die Schulter. Jori. Er grinste.

Sein Freund Jori, der immer grinste und alles wusste. Selbst wenn Ambro ihm etwas erzählte, das er ganz sicher noch nie gehört hatte, sagte der Freund gleichgültig: »Ich weiß.« Ambro war noch selten so froh gewesen, Jori zu sehen.

Mehrere Lehrer – es war kein freundliches Gesicht dabei – riefen Kinder und Drachen zu sich, ihnen zu folgen. Ambro reckte den Kopf und tänzelte auf den Zehenspitzen, um nichts zu verpassen. Hatte jemand seinen Namen gesagt?

»Die Flieger bitte zu mir!«, rief Pan Domdar. Jori flitzte los, er ging ja schon über einen Monat zum Unterricht. Ambro schnappte Norwin am Vorderarm und rannte Jori hinterher.

Dann sah er zum ersten Mal den Drachen von Jori.

»Das ist Soems«, flüsterte Jori. Pan Domdar erklärte irgendetwas, Ambro hörte nicht zu. Er hatte nur Augen für Soems. Er sah seinem Norwin ziemlich ähnlich, seine Färbung war hellblau, aber er war dünner und größer als Norwin. Der Drache verneigte sich, ohne Ambro aus den Augen zu lassen.

»Das ist Norwin«, sagte Ambro. Inzwischen war ihm völlig einerlei, was um ihn herum geschah oder wer etwas sagte. Er verneigte sich vor Soems, ohne zu wissen warum oder ob er es richtig machte. Einfach deshalb, weil er es getan hatte und dabei so … Ambro suchte nach dem richtigen Wort. Stolz war es nicht. Soems sah freundlich aus, so, als wüsste er genau, wer er war. Nicht so ängstlich und zitternd wie Norwin. Norwin sah immer so aus, als würde er jeden Augenblick zu weinen anfangen. Auch jetzt. Er zitterte, drückte seine Vorderpfoten an den Bauch und bestand nur aus großen, blauen Augen.

»Ich weiß«, sagte Soems mit heller Stimme. Ambro war baff. *Er spricht?*

»Jeder weiß, wer Norwin ist.« Soems verbeugte sich auch vor ihm und flüsterte etwas. Zumindest meinte Ambro, etwas gehört zu haben, doch dieses Mal war Soems' Stimme nicht hell, es klang wie ein tiefes Brummeln.

Drachensprache, dachte Ambro. Er hatte davon gehört. Sie konnten miteinander reden, ohne menschliche Ohren, wenn sie es wollten.

»Sie kollern«, sagte Jori und zuckte mit den Schultern, als wäre das alles unwichtig und langweilig. Ambro kam nicht auf den Gedanken, dass Norwin und Soems zusammen in den Himmelsbergen gelebt hatten wie Bienen in einem Bienenstock.

Norwin hörte plötzlich auf zu zittern und richtete sich auf. Statt gebückt den Kopf zwischen die Schultern zu drücken, saß er aufrecht – er war mit dieser Haltung sogar größer als Soems. *Wie geht denn das?*

»Was hast du zu ihm gesagt?«, platzte Ambro heraus, lauter, als er es eigentlich wollte.

»Ein kaputtes Ei macht nichts. Ein kaputter Geist schon.«

»Was soll das bedeuten?«

Ambro bekam keine Antwort. Pan Domdar walzte durch die Kinderschar wie ein Mahlstein. Es war ihm egal, ob er jemanden umschubste oder grob im Gesicht anfasste. Er hatte sehr lange

Finger und Fingernägel, die Knöchel sahen geschwollen aus. Ambro betrachtete die derben Hände und das Gesicht. In seinen Zügen war nichts Freundliches. Ambro war zu jung, um Grausamkeit von Kummer zu unterscheiden.

»Du bist das also«, sagte Pan Domdar, an Norwin gewandt.

Der sah sich hilfesuchend nach Ambro um. Ihm war das alles nicht geheuer und diese Aufmerksamkeit wollte er nicht. Pan Domdar starrte auf ihn hernieder, als wäre er ein Insekt. Die Kinder und jungen Drachen hatten einen Kreis um sie gebildet, zwei andere Lehrer starrten herüber, Ambro kannte ihre Namen nicht und überlegte, ob er sie um Hilfe bitten sollte. Er machte einen Schritt und stellte sich so nah zu Norwin, dass sie sich berührten. Er spürte die Hitze, die von seinem *Smok* ausging, als hätte er Fieber, aber es war nur Angst. Also machte Ambro noch einen Schritt, stellte sich vor Norwin und starrte zurück. Pan Domdar, der eben noch die Hände in die Hüften gestemmt und breitbeinig dagestanden hatte, atmete tief durch, wie um sich selbst zu beschwichtigen und klatschte in die Hände.

»Mir nach, Flieger, der Unterricht beginnt«, rief er, drehte sich um und stapfte die Treppe hoch.

Ambro folgte der Gruppe als einer der Letzten. Er besah sich Norwin und überlegte, ob er gleich mit ihm nach Hause gehen sollte. Er war wieder in sich zusammengesunken und starrte vor sich hin. »Komm«, sagte Ambro, erklomm die Treppe und nahm die erste Strickleiter. Pan Domdar wollte mit ihnen nach oben, zur höchsten Plattform im Baumwipfel. Ambro hatte keine Zeit, die Aussicht zu genießen. Immer wieder schlugen ihm Blätter und Zweige ins Gesicht, während er sich mit der Leiter abmühte. Norwin hatte es leichter, er kletterte, ganz wie zu Hause, am Stamm entlang, wie ein zu groß geratenes, blaues Eichhörnchen. Stufen, Seile und Knoten waren kein Problem für ihn. Ambro war kurz neidisch. Zwar war jede Leiter unten an einem Ast und auch oben an einem Ast festgeknotet, dennoch wackelte die ganze Sache erheblich, wenn mehrere Kinder gleichzeitig versuchten, nach oben zu gelangen. Und Jori war nirgends zu sehen.

Du bist das also, hatte der Lehrer gesagt. Die Worte hallten in Ambros Kopf nach. »Vergiss nie die respektvolle Anrede«, hatte der Vater ihm eingeschärft. »Sei höflich und sprich nur, wenn du gefragt wirst.« Der Vater hatte noch ein merkwürdiges Wort gesagt. *Etikette.* Das war nichts, was man in einem Buch nachlesen konnte, das musste man so wissen. Ambro kletterte mühselig weiter, mit einem mulmigen Gefühl im Bauch und einem vollen Kopf. Er befürchtete, dass er für Etikette heute keinen Platz mehr hatte. Norwin, ein ganzes Stück über ihm, hielt inne, um auf ihn zu warten. Ambro entdeckte eine Hängebrücke aus Seilen und Holz, die von einer Kammer zu einer anderen führte. Er hatte natürlich bereits von unten gesehen, dass mehrere Holzstützen die ausladenden Äste des Amberbaums stabilisierten, aber von unten war nicht zu erkennen gewesen, was es war. Das rote Laub war so dicht, er kam sich vor, als würde er in einem Topf Suppe sitzen. Zu gern hätte er die Hängebrücke ausprobiert, aber er kletterte weiter nach oben. Norwin huschte voraus, das wilde Treiben der Kinder, der Lärm – ihr Rufen und die Ermahnungen der Lehrer – wurden leiser. Als Letzter erklomm er die Holzleiter, die direkt am Stamm befestigt war und steckte den Kopf durch eine Bodenluke. Er war oben, ganz oben. Die letzte Plattform vor dem Himmel – die Unterrichtsstätte der Flieger. Jori hielt ihm die Hand hin und zog ihn das letzte Stück nach oben, da landete er auf den Knien und staunte. Der Amberbaum und sein Laubwerk hüllte sie ein wie ein Geheimnis. Die Blätter raschelten im Wind, ein angenehmes und beruhigendes Geräusch. Der rote Riese wogte ganz sachte hin und her, so wie man ein Kind in den Schlaf schaukelt. Zehn

Kinder kauerten auf dem Bretterboden, Ambro zählte durch, nein elf. Und ihre Drachen. Sie saßen nah beieinander, alle mindestens eine Armlänge vom Rand entfernt.

»Sind Neue anwesend?«, fragte Domdar.

Ambro hob zögerlich die Hand. Er war der Einzige. Odd Domdar verschränkte die Arme auf dem Rücken. Ambro fand, es sah schmerzhaft aus, der Stoff an den Oberarmen seines Lehrers spannte.

»Ich bin Odd Domdar, dein Lehrer der Luft. Du nennst mich Pan, das ist die korrekte Anrede, verstanden?« Die Arme immer noch auf dem Rücken, die Muskeln nach wie vor angespannt, kam der Mann auf Ambro zu. Doch sein Blick, zusammengekniffen, ruhte auf Norwin. Der wurde schon wieder ganz klein.

»Heute lernst du fliegen«, sagte Pan Domdar, »wollen wir doch mal sehen, ob das wirklich nicht geht.« Die anderen Kinder waren still, keines rührte sich, sie starrten abwechselnd Ambro und Norwin an. Pan Domdar hob Norwin hoch, er griff einfach unter seine Vorderläufe und trug ihn, mit weit von sich gestreckten Armen, als würde Norwin stinken, zum Rand der Plattform. Es gab kein Geländer, keinen Schutz, nichts, das einen Sturz aufgehalten hätte. Schließlich war das die Gruppe der Flieger – die Jüngsten von ihnen – aber Flieger. Wer fliegen konnte, erhob sich einfach und ließ mit einem Flügelschlag alles Erdgebundene unter sich.

Norwin konnte nicht fliegen. Er wusste das. Kinder wie Drachen gaben keinen Mucks von sich, nur das Rascheln der Blätter im Wind war zu hören. Ambro sah zu, wie dieser Mann seinen Bruder, seinen *Smok*, seinen Norwin von ihm wegtrug.

»Er kann nicht fliegen!« Ambros Stimme überschlug sich. Er stand auf, überlegte angestrengt. *Er wird doch nicht!?*

»Pan Domdar«, sagte Soems. Er hatte sich aufgerichtet, machte einen Schritt und noch einen. Er haderte sichtlich mit sich.

»Sie können doch nicht …« hob er an.

»Nicht!«, brüllte Ambro und stürzte. Die Plattform wackelte alles andere als beruhigend und seine Knie schienen nicht mehr zu existieren. Breitbeinig versuchte er aufzustehen, mit beiden Händen stützte er sich ab, an Kindern und Drachen, manch einer griff nach ihm, versuchte ihn zurückzuhalten.

Pan Domdar hatte Norwin losgelassen.

Er stand am Rand der Plattform, die Arme immer noch ausgestreckt, so glotzte er nach unten, betrachtete fast zufrieden sein Werk. Er wischte sich die Hände an der Hose ab, als hätte er gerade Essensreste auf den Komposthaufen geworfen; Eierschalen und Apfelbutzen.

Ambro stürzte auf den Lehrer los, der packte geschwind zu und hielt Ambro davon ab, sich in den Abgrund zu werfen.

»Du kannst tatsächlich nicht fliegen«, sagte der hagere Mann scherzhaft.

Ambro hörte Norwins Sturz mit an, wie er durch die Blättermassen klatschte, wie Äste knackten, kleine dünne, dickere, wie sie unter seinem Gewicht nachgaben, wie Kinder erschrocken aufschrien, als er vorbeifiel. Er hörte, wie andere an den Rand ihrer Plattform stürzten, wie Hände gereckt wurden, ins Leere griffen, wie Norwin verzweifelt versuchte, mit den Flügeln zu schlagen, mit dem verkrüppelten, der nichts ausrichtete, mit dem gesunden, der an Astwerk schlug und Blätterknospen. Ambro konnte hören, dass für den einen Flügel, der ihn vielleicht hätte retten können, nicht genug Platz war zwischen dem dichten Laub, wie er den Sturz verlängerte, aber nicht aufhielt.

Und dann kam er dumpf auf. Ambro hatte Tränen in den Augen. Er war sich sicher: Sein Bruder war tot. Zerschlagen am Fuß des *Baumes aller Fragen*. Das war die Antwort. Ein dummer Lehrer, der ihn hinausgeworfen hatte.

Die Kinder rannten die Treppe hinunter oder drängten auf den Leitern aneinander vorbei. Drachen, kleine blaue und auch rote, stiegen auf in den Himmel, in ihrer Aufregung, und taumelten, als hätten sie vergessen, wie man fliegt. Mehrere Lehrer weiter unten fragten, schrien: »Was ist passiert?« Sie hatten gesehen, was passiert war, nur begriffen sie es nicht. Drachen fielen nicht.

Ambro riss sich los und rannte, kletterte weinend nach unten. *Norwin.*

VIER SCHEIBEN

Der Seher hatte ein altes Fenster mit einem rechteckigen Holzrahmen und vier eingelassenen Scheiben. Niemand im Dorf wusste, wo er den Rahmen gefunden hatte oder wie er zu ihm gekommen war. Hier gab es keinen Fenstermacher. Glas war teuer, die meisten Baumhäuser hatten zwar Fenster, aber ohne Glas, nur mit hölzernen Läden versehen, um Wind und Regen auszusperren.

Das Fenster des Sehers war besonders, sagte er zumindest. In einer Scheibe konnte man die Vergangenheit erkennen, in einer anderen die Zukunft. Die dritte Scheibe zeigte die Gegenwart. Über die vierte Scheibe schwiegen er und diejenigen, die bei ihm gewesen waren.

Smilla saß in seinem kleinen Zelt auf dem Teppich und wartete. In der Mitte glühten noch die Überreste eines kleinen Feuers. *Unnötig*, dachte Smilla, *an so einem heißen Tag.* Sie schwitzte und knetete ihre Hände wie Brotteig. Sie war neugierig auf die vierte Scheibe, fast mehr als auf die Zukunft, wegen der sie überhaupt hier war. Sie hatte ihrem Gefährten Olafur nichts gesagt. Er dachte, sie wäre auf den Markt gegangen. Die Sorge trieb sie her und ließ alle Zweifel über den Seher verblassen. Sie brauchte Antworten. Um Olafurs Schelte würde sie sich später kümmern. Er würde ihr diesen Unsinn irgendwann verzeihen.

Der Seher ließ sie lange warten. Smilla hatte den Eindruck, sie würde schon den ganzen Nachmittag hier knien. Sie erlaubte sich eine bequemere Sitzhaltung und streckte die schmerzenden Beine aus. Neugierig sah sie sich um. Der Seher hatte allerhand Krimskrams in seinem Zelt verteilt, seltene Steine, Kräuter in Tontöpfen, die streng dufteten, alte und kaputte Truhen in allen Größen, offen, geschlossen, mit abgebrochenem Deckel. Es schien, als hätte er etwas übrig für Zerbrochenes. Sie sah Krüge und Teller, jeder mit einer Schramme, einem abgebrochenen Henkel oder einem fehlenden Stück. Gerne wäre sie aufgestanden, hätte abgestaubt, alles, groß und klein, berührt, an den Blumen gerochen, die welken Blätter abgezupft, hätte gerne die Decke seines Bettes aufgeschüttelt und die herumliegenden Kleidungsstücke eingesammelt und zusammengelegt. Hier fehlte eine ordnende Hand, fand Smilla, er allein war dazu wohl nicht in der Lage. So viel Unordnung für ein so kleines Zelt. Und warum hatte er kein Baumhaus oder immerhin eine Höhle? Der Boden war bedeckt mit seinen Habseligkeiten, sie fühlte sich zwischen all den Gegenständen fehl am Platz, als wäre sie nicht unordentlich genug, nicht zerbrochen genug für diesen Ort. Was hatte sie sich nur gedacht? Hierher zu kommen war ein Fehler gewesen. Beim Aufstehen bemerkte sie das Fenster, von dem sie so viel gehört hatte. *Geflüsterte Worte, Andeutungen, Märchen*, dachte sie. *Alles Märchen.*

Das Ding war dunkelbraun und alt. Die Farbe war teilweise abgeblättert, es lehnte an einer kleinen Kommode. Die Scheiben waren dunkel, fast wie das Holz. *Die Farbe der Kommode*, meinte sie, täuschte sich aber. Sie konnte nicht an sich halten und krabbelte wie ein Kind darauf zu. Sie berührte das Holz, hob es an, drehte und wendete es – dieses befremdliche Ding, das aussah wie ein Fenster, wie sie es kannte, aber man konnte nicht hindurchsehen durch das Glas. Was sie gesehen hatte, war nicht die Kommode dahinter, die Fensterscheiben waren blind. Kein Glas; kein Putzen würde helfen. Es war auch nicht schwer, immerhin war das Fenster eine Elle lang und genauso breit.

Die Scheiben waren so klein, sie konnte sie mit der Hand zudecken, so wie man sich ein Auge zuhält, um zu prüfen, ob das andere noch gut ist. *Deswegen so viel Aufregung?*, fragte sie sich. Sie war wegen ihres Sohnes Ambro hier, sie sorgte sich um ihn und seinen Drachenbruder Norwin. Sie verstanden sich nicht, sie hätten schon längst miteinander reden müssen, herumtollen und Streiche aushecken. Doch Ambro bemühte sich nicht und Norwin schwieg. Sein Flügel war verkrüppelt, kleiner als der andere, und nutzlos. Er würde nie fliegen können, da war sich Smilla sicher. Gleichgültig, was Olafur sagte. Das verwuchs sich nicht. Was sollte aus den zwei werden? Sie hatten keine Zukunft. Was sollte aus einem verkrüppelten Drachen werden, welchen Beruf sollte Ambro ergreifen, ohne seinen Bruder? Er würde sie verlassen, sie und das ganze Dorf Burry, sie spürte es.

Sie hob die Hand – die Scheibe darunter war nicht mehr braun, nicht mehr blind. Eine Frau mit aufmerksamen Augen starrte daraus hervor. Smilla erschrak nicht. Sie war nicht überrascht. Die vierte Scheibe war ein Spiegel und sie beschlich ein Gefühl, als hätte sie das geahnt. Das da war sie. Hier und jetzt. Sie hatte davon gehört, dass es so etwas geben sollte: Glas, das spiegelt und Dinge zeigt, wie sie sind.

Der Seher konnte kein Scharlatan sein, wenn er so etwas Wertvolles besaß. So etwas Seltenes. Sie betrachtete sich und fasste Mut. *Vielleicht kann er mir doch helfen, vielleicht hat er doch Antworten!* Smilla hielt das Fensterdings mit einer Hand, während sie sich duckte, um sich im Spiegel besser betrachten zu können. Er war zu klein, um sie ganz zu zeigen. Sie konnte ihre schwarzen Haare sehen, die Augen oder den Mund, je nachdem wie sie ihn vor sich hielt. In ihr Haar schlichen sich die ersten grauen Strähnen, um die Augen hatte sie kleine Fältchen, aber sie war noch nicht alt. Ihre Lippen gefielen ihr am besten. Sie dachte an Olafur und wie gerne er sie küsste. Sie lächelte beim Gedanken daran. Sie hatte wirklich Glück.

Da wurde der Teppich, der über dem Eingang lag, zurückgeschlagen, gleißendes Tageslicht fiel ins Zelt wie ein Fingerzeig. Hastig stellte Smilla das Ding – sie hatte keinen Namen dafür – auf den Boden, lehnte es vorsichtig an die Kommode und stand auf. Sie strich ihre Röcke glatt, faltete die Hände vor dem Bauch und sah auf.

»Ich grüße Sie, Saul. Ich bin Smilla aus den tiefen Bergen und bin hier …«. Weiter kam sie nicht. Der Seher trat vor sie, er hatte sich kaum bücken müssen, um durch die schmale Öffnung zu treten und mit einem Blick auf den Spiegel sagte er: »Sie haben sich schon erkannt? Gut, dann können wir gleich beginnen.«

Wie von selbst glitt der Teppich wieder vor die Zeltöffnung und das Licht verschwand.

***

Ambro drängte sich durch die Meute, die sich um Norwin versammelt hatte.

»Das ist mein Bruder!«, schrie er.

Soems öffnete seine Schwingen und brüllte die Kinder mit weit aufgerissenem Maul zur Seite. Jori war es, der seinen Drachen sehr erstaunt ansah. Ambro hatte keine Zeit, sich vor dem *Toddler* zu fürchten, er hatte nur Augen für Norwin.

Norwin lag am Boden, auf der Seite, sein deformierter Flügel lag ausgebreitet im Dreck, wie eine Hand, der Daumen und Zeigefinger fehlt. Die Haut zwischen den Fingern war fast durchsichtig. Er atmete flach und hielt die Augen geschlossen.

Ambro schob vorsichtig seine Hand unter den blauen Körper. Üblicherweise strahlte Norwin eine fiebrige Hitze aus, doch jetzt nicht mehr. Er hatte büschelweise Dunen verloren, Schürfwunden und Prellungen überzogen seinen Körper. Ambro kam es vor, als würde sein *Smok* viel weniger wiegen als sonst. Er hob ihn an, und drückte ihn an seine Brust. Kopf und Vorderläufe des Drachen lagen auf Ambros Schultern, er konnte den Weg vor sich kaum sehen. Schwanz und Hinterläufe streiften kraftlos über den Boden. Ambro bemühte sich, seinem *Smok* beim Gehen nicht die Knie in den Bauch zu stoßen und machte hastige, aber kleine Schritte.

Ambro trug seinen Drachenbruder nach Hause.

»Du darfst nicht sterben«, flüsterte er. Das sagte er nicht, weil er Angst hatte, Silván würde kommen und ihn holen. Er dachte keine Sekunde an Silván. Er sagte es, weil er seinen *Smok* liebte, über alles liebte, und keinen Tag ohne ihn sein wollte.

***

Smilla schreckte hoch. Der Seher hatte gesagt, was er zu sagen hatte. Und sie hatte zugehört, aber jetzt war es ihr, als hätte ihr Sohn nach ihr gerufen, als ginge es ihm schlecht.

»Ich muss gehen«, sagte sie und stand auf.

»Haben Sie verstanden, was ich Ihnen sage?«

»Ja«, sagte sie, schluckte schwer, und klopfte sich Staub vom Rock, der gar nicht da war. »Norwin wird nie fliegen.«

Sie schlug den Teppich beiseite, die Sonne blendete sie, die Hitze schlug ihr ins Gesicht, Smilla hastete nach Hause, einem unguten Gefühl im Magen folgend.

***

»Mama!«, schrie Ambro, als die Sommerlinde, sein Zuhause, in Sichtweite kam. Ein paar Kinder und Drachen rannten die Strecke neben ihm her. Auch Jori und Soems.

Olafur hörte seinen Sohn rufen, ließ die Harke fallen und sprang über den Zaun, der sein Gemüsebeet umfasste.

Smilla war den ganzen Morgen unruhig gewesen, so unruhig, dass ihre Tara die schützende Höhle verlassen hatte und in der sengenden Hitze den Weg von der Höhle zum Baumhaus gegangen war, oberirdisch. Selbst Aidar hatte alle Regeln vergessen und war beinahe im Schweinekoben gelandet. Die beiden Schweine, die wilde Berta und die kleine Suna, waren fürchterlich erschrocken und hatten sich in ihrer Hütte versteckt.

Smilla kam aus Richtung des Dorfplatzes angelaufen, ihre Tauschwaren, ihren Korb, alles hatte sie bei dem Seher vergessen in ihrer Eile. Sie holte Ambro ein und er drückte ihr den verletzten Norwin in die Arme.

***

Irgendwo in Leotrim schrieb eine Feder, ohne das Zutun der Chronistin, eine Notiz in ein sehr großes Buch.

DRACHENKUNDE

»Muss ich da wirklich wieder hin?« Ambro saß beim Frühstück, sein Haferbrei schmeckte ihm nicht. Er schob die Schale von sich. Smilla und Olafur sahen sich an, beide hätten gerne *Nein* gesagt.

»Wir haben das doch besprochen«, sagte Smilla und schob ihm die Schale wieder vor die Nase, »du isst jetzt dein Frühstück und dann bringt dich dein Vater zur Schule.«

»Du gehst zu Harbor, sie unterrichtet Drachenkunde, das wird dir gefallen«, sagte Olafur.

Ambro gefiel das ganz und gar nicht. Norwin lag in seinem Nest und erholte sich von seinem Sturz – er hatte sich, wie durch ein Wunder, keine Knochen gebrochen und nur Verstauchungen, Prellungen und Schürfwunden erlitten. Smilla und Olafur versorgten ihn, als wäre er eben erst aus seinem Ei geschlüpft. Selbst Tara und Aidar wichen nicht von seiner Seite. Aidar saß auf einem Ast im Baumwipfel, Tag und Nacht schweigend, als müsste er das Leid der Welt genau hier aufhalten. Ambro hatte geträumt, dass Pan Domdar zu ihnen nach Hause gekommen und Norwin abermals hinuntergeworfen hatte. Er ließ nachts die Dachluke offen und wenn er aus einem schlechten Traum hochschreckte, sah er Aidar. Ihm kam sogar kurz der Gedanke, dass Aidar wegen ihm und nicht wegen Norwin dort saß, aber das war natürlich unsinnig.

Tara brachte jeden Abend, wenn es endlich kühler wurde, verschiedene Kräuter und Gräser, Arnika oder Ringelblumen, sie brachte Beeren und Heilerde und Smilla bereitete Haferbrei und Tees, Salben und Kompressen für Norwin.

Jetzt sollte er ohne seinen *Smok* zur Schule gehen, Norwin ging es noch nicht gut genug, um das Haus zu verlassen. *Vielleicht gönnen sie ihm auch einfach eine längere Schonfrist*, dachte Ambro und panschte in seinem Frühstück herum.

»Was ist, wenn ich *ihm* begegne?«

Olafur zögerte. Er atmete lang und hörbar ein. »Dann grüßt du höflich und gehst weiter.«

Ambro nickte.

»Der Rat der Fünf hat das beschlossen, Ambro«, sagte Smilla, »ich weiß, dir gefällt das nicht. Mir auch nicht, glaub mir. Er wird einen Bogen um dich machen und du um ihn.«

»Er hat ihn geworfen, Mama.«

Olafur legte den Arm um Ambro, Smilla griff nach seiner Hand.

»Ich verspreche dir, das wird er nicht noch einmal machen.«

Ambro sah seinen Vater eindringlich an.

»Ich habe ihm nicht geholfen. Und sollte wieder jemand kommen und ihn werfen wollen, ein anderer, was soll ich dann tun?«

***

Olafur hatte keine Antwort. Schließlich war Norwin sein Sohn und er war nicht bei ihm gewesen, hatte nicht helfen können, und bei der Versammlung wäre er Pan Domdar gerne an den Kragen gegangen, aber der Rat hatte beschlossen, dass es in diesem Fall keine Wiedergutmachung wäre, Pan Domdar auch irgendwo herunterzuwerfen. Norwin war ein besonderer Fall. Mit diesem Sturz – sie sagten immer wieder *Sturz*, statt es als das zu bezeichnen, was es war: Ein Mensch hatte einem Drachen mutwillig Leid zugefügt – nun war eindeutig klar: Norwin konnte nicht fliegen. Es gab keine offizielle Flugprüfung für die Flugdrachen. Bisher wurden Drachen gleich nach der Mauser in die Riege der Hüter aufgenommen, ohne Ausnahme. Die meisten konnten schon sehr viel früher fliegen, es war nicht nötig sie zu prüfen.

Die *Hüter der Luft* hatten jemanden ausgewählt, der für sie sprechen sollte vor dem Rat, und einem alten Mann namens Tamsen war diese unleidige Aufgabe zugefallen. Sichtlich unwohl war er vor den Rat getreten, war von einem Fuß auf den anderen gewippt, als wäre er betrunken, er hatte seinen Hut, ein uraltes, schlappes Ding aus Leder, geknetet wie ein Brotbäcker den Teig und hastig gesprochen. Sie wüssten nicht, was sie mit Norwin anfangen sollten, und ob es nicht besser wäre, ihn bei den Erddrachen unterzubringen.

Lange wurde darüber diskutiert. Nicht über Pan Domdar. Nicht über seine Tat. Ganz am Ende waren Smilla und Olafur nach Hause gegangen, Hand in Hand, in der kühlen Dunkelheit. Sie konnten einander nicht sehen, als Olafur fragte: »Hat der Seher gesagt, dass Norwin bei den Hütern der Erde unterkommt?«

»Du weißt, dass ich bei ihm war?«

»Natürlich. Du lügst unglaublich schlecht.«

»Bist du böse?«

»Ja, aber nicht auf dich.«

Das Dorf und seine Geräusche lagen hinter ihnen, bis zu ihrem Zuhause war es noch ein kleines Stück, unter ihren Füßen knirschte der Sand und über ihnen leuchteten die Lichter, stumme Zuschauer, die es vielleicht gar nicht interessierte, wie es weiterging. Sie leuchteten so oder so, was auch immer sich hier unten abspielte.

»Wir haben einen Drachen, der nicht fliegen kann, einen Sohn, der nicht zuhört, und ein weiteres Kind ist unterwegs.« Olafur berührte Smillas Bauch mit den Fingerspitzen.

»Wir haben so lange darauf gewartet«, sagte sie.

»Ja. Bald muss ich mich auf den Weg machen.«

»Es ist ein unglaublich schlechter Zeitpunkt.« Smilla seufzte.

»Was hat der Seher zu dir gesagt?«

Smilla hätte ihren Gefährten unglaublich gerne gesehen, in diesem Moment, aber der Mond war ihr heute Abend kein guter Freund.

»Er hat gesagt, dass Norwin nie fliegen wird.«

Olafur schnaubte.

»Er hat auch gesagt, dass es ein Mädchen wird. Er hat gesagt, dass er sie in roten Kleidern sieht. Sie fliegt.«

Olafur lächelte. Smilla konnte es *hören*.

***

»Vielleicht denkt Norwin auch darüber nach, was sein wird, wenn ihn wieder jemand werfen will«, sagte Smilla zu Ambro, der sich in diese traurige Verzweiflung fallen ließ, wie es nur Kinder können, und Besserung erhoffte, indem er sich an die Brust des Vaters drückte.

»Norwin wird es auch nicht verhindern können, wenn dich einer werfen will.« Olafur sprach sehr leise.

»Dann sollte man den Leuten sagen, dass man niemanden werfen darf, unabhängig davon, ob er fliegen kann oder nicht.«

»Dann geh in die Schule und sag deinen Kameraden, dass es unrecht war, was Pan Domdar gemacht hat. Du gehst nicht mehr in seinen Unterricht, aber andere Kinder. Er ist immer noch Lehrer.« Olafur küsste Ambro auf die Stirn. »Du schaffst das schon.«

***

Ambro ging allein zur Schule. Er hatte seinen Vater gebeten, zu Hause zu bleiben. Wie sah das denn aus, wenn er nun statt mit seinem Drachen mit seinem Vater kam? Der Bauch tat ihm weh vor lauter Aufregung. Der Magen spannte, als müsste er gewaltig aufstoßen und könnte nicht. Eine riesige Luftblase breitete sich in ihm aus, er spürte jeden einzelnen Herzschlag wie das Läuten einer riesigen Glocke. Er zwang sich Schritt für Schritt weiter. Jori war nirgends zu sehen.

Der würde jetzt sagen: »Alles wird gut.«

Und Ambro würde fragen: »Woher weißt du das?«

Und Jori würde grinsend sagen: »Weiß ich eben.«

Aber Jori war nicht da. Und Ambro war sich alles andere als sicher, ob alles gut werden würde.

Er ließ das kleine Waldstückchen hinter sich, das zwischen seinem Dorf Burry und dem Amberbaum lag. Der Boden war moosbedeckt und seine Schritte leise und weich. *Norwin würde es hier gefallen*, dachte Ambro.

Da er es nicht eilig hatte und gar nicht pünktlich dort sein wollte, setzte er sich auf den nach Tannennadeln duftenden Boden und holte seinen Lederbeutel unter seinem Hemd hervor. Er öffnete den viereckigen Beutel, den seine Mutter für ihn gefertigt hatte. Eigentlich war es kein Beutel, vielmehr eine Tasche mit einer Lasche, die man umklappen konnte. Daran war eine Kordel befestigt und seine Mutter hatte einen kleinen, hölzernen Knopf angenäht, um diesen wickelte er die Kordel und so fiel nichts heraus oder wurde nass. Das gute Pergamentpapier, das sein Vater ihm geschenkt hatte und das man nur aufrollen und nicht falten konnte, hatte er zu Hause gelassen. Hier hatte er nur seine kleinen Zuschnitte, handgeschöpftes Papier, und seine Kohlestifte. Ambro malte Norwin aus dem Gedächtnis. Da der rechte Flügel der deformierte war, zeichnete er Norwin sitzend, den linken Flügel leicht abgespreizt, mit erhobenem Kopf und nicht zusammengesunken oder ängstlich. Als er fertig war, hatte sein Drache mehr Ähnlichkeit mit Soems denn mit Norwin. *Wie es wohl ist zu fliegen?*

Ambro packte seine Sachen wieder ein und überlegte einen Augenblick, ob er den Eltern einfach sagen sollte, dass er da gewesen sei, obwohl er es nicht war. Ihm würden viele schöne Dinge einfallen, die er tun könnte, statt zur Schule zu gehen. Doch Aidar war sicher in seiner Nähe und würde ihn verpetzen.

Als er ankam, war der Sammelplatz leer, so wie Ambro das gewollt hatte. Alle Kinder waren schon in ihrem Unter richt. Ambro betrachtete neugierig den Amberbaum mit seinen blutroten, fünfzackigen Blättern. Den massigen Stamm, dunkel und kräftig wie ein Fels. Mehrere Holzstelzen stützten die ausladenden Äste, so dick wie erwachsene Männer, die der Baum selbst nicht mehr stemmen konnte. Manche Äste reichten so weit herunter, dass Ambro bequem danach greifen konnte. Er bog einen der Äste herunter und zupfte einige der Kapselfrüchte ab.

Er wollte, sobald er einen geeigneten Platz gefunden hätte, einen neuen Amberbaum pflanzen. Für neue Fragen und neue Antworten. Bis dahin musste er sich mit diesem arrangieren. Er stieg die Treppe hinauf bis zur ersten Ebene und dann die vielen Holz- und Strickleitern weiter hinauf, bis er angekommen war.

Pan Domdar starrte ihn unverhohlen an, als er den Kopf durch die Bodenluke steckte. Er sagte kein Wort, bis Ambro ganz heraufgeklettert war und sicher auf beiden Beinen stand. Jori glotzte seinen Freund mit offenem Mund an.

»Pan Domdar«, begann Ambro, selbst überrascht, dass seine Stimme so fest klang. Er verwendete die respektvolle Anrede, auch wenn er vor dem Mann keinen Respekt mehr hatte.

»Ich komme nicht mehr in Ihren Unterricht. Fliegen können Sie mir nicht beibringen und Grausamkeit will ich nicht erlernen.«

Einen kurzen Moment überlegte er noch, ob er etwas zu Norwin, zu seinen Verletzungen sagen sollte, wie es ihm ging und wie falsch es gewesen war, ihn einfach von der Plattform zu werfen.

Pan Domdar sagte nichts. Ambro konnte sein Gesicht nicht lesen, er wusste nicht, ob es Zustimmung oder gar Bedauern war, was er da sah. Der Lehrer biss die Zähne zusammen, Ambro konnte die angespannten Muskeln sehen, der Unterkiefer malmte, als würde er an etwas sehr Zähem kauen.

Ambro hatte nicht einmal einen Blick für Jori. Er nahm es ihm übel, dass sein Freund immer noch in den Fliegerunterricht ging. Und so drehte er sich um und kletterte wieder hinab. Er würde auch zur *Drachenkunde* zu spät kommen. Aber das war es ihm wert gewesen.

***

»Du bist spät«, sagte Pan Harbor.

»Ich bin neu«, sagte Ambro.

»Ich weiß, dein Vater hat dich angekündigt.«

Pan Harbor war erst seit Kurzem in dieser Gegend, sie wohnte erst wenige Sonnentage mit ihrem Gefährten in Burry – sie trug ihren Sohn in einem blauen Tragetuch vor dem Bauch. Ambro kannte sich mit Babys nicht aus und vermutete nur, dass es schon einige Monate alt war. Zähne hatte es noch nicht. Pan Harbor hatte ihre Hände auf dem Rücken des Kindes gefaltet und schaute, während sie redete, immer wieder nach ihm. Der Kleine war wach und hatte nur Augen für seine Mutter. Ambro stellte sich auf die Zehenspitzen, um ihn besser sehen zu können.

»Das ist Brix«, sagte sie lächelnd. Der Kleine drehte den Kopf und sah Ambro mit großen, blauen Augen an. Haare hatte er auch noch keine, seine Hände lagen auf den Brüsten seiner Mutter, Ambro sah verlegen weg und Harbor lachte.

»Wo sind die anderen?«, fragte Ambro, der erst jetzt Zeit hatte sich zu wundern, warum er alleine war mit Pan Harbor. Ihre Kammer, eine der ersten gleich nach dem Treppenaufgang, war nicht wie die Plattform der Flieger. Sie hatte Holzwände, Fenster, sogar ein Schindeldach. Es war nicht viel Platz, aber hier konnte man bei jedem Wetter unterrichten. Pan Harbor löste das Tuch und drückte Ambro ihren Sohn in die Hände. Verdattert nahm er ihn entgegen, wunderte sich, wie ein so kleiner Kerl so schwer sein konnte, und wusste nicht, was er nun mit Brix anfangen sollte.

»Setz dich.«

Ambro tat, wie ihm geheißen, und setzte sich umständlich im Schneidersitz auf den Boden. Pan Harbor half ihm, den kleinen Brix in seinen Schoß zu legen. Sie lächelte und Brix wirkte unbeteiligt. Seine Mutter war in Sichtnähe, alles andere schien ihn nicht zu kümmern.

»Das hier ist ein praktischer Unterricht. Die anderen Kinder sind unterwegs. Manche tagelang, manche nur den halben Morgen. Je nachdem, welche Aufgabe ich stelle. Deine erste Aufgabe wird sein, eine Drachenkunde zu schreiben.«

Brix hatte seinen linken Fuß teilweise im Mund und bestaunte seine Zehen. Ambro sagte gar nichts.

»Ein Junge wie du ist doch sicher neugierig und hat tausend Fragen?«

Ambro nickte. Pan Harbor saß ihm jetzt gegenüber, so nah, dass er sie riechen konnte, eine Mischung aus Seife und saurer Milch. Sie hatte lange Haare, dunkelblond, aber nicht so lange wie Hangameh. Sie lächelte und zeigte blitzweiße Zähne.

»Welche Drachen hast du in deiner Familie?«

»Einen Feuerdrachen und einen Erddrachen.«

»Und deine Großeltern?«

Ambro wusste, worauf die Frage abzielte, aber in seiner Familie waren seit Generationen Feuer und Erde die bestimmenden Elemente.

»Du bist ein Hüter der Luft.«

Ambro senkte den Blick, Norwin war zu Hause, er konnte nicht fliegen, Ambro war gar nichts.

»Sie mögen dich offiziell nicht in ihre Riege aufnehmen, aber das tut nichts zur Sache. Dein *Smok* ist ein Flugdrache und du bist ein Hüter. Und wenn du ein Flieger bist, war es vor dir schon mal jemand in deiner Familie.«

Ambro sah sie erstaunt an. Darüber hatte er noch nicht nachgedacht. Ein Großvater oder eine Urgroßmutter – er hatte keine Ahnung, wie weit er zurückgehen musste in der Geschichte der Gulurs und Brosas – er würde seine Eltern fragen. Pan Harbor lächelte.

»Du fängst an zu verstehen«, sagte sie.

Ambro nickte und Pan Harbor nahm ihren Sohn wieder zu sich, da er unruhig wurde.

»Deine erste Aufgabe ist eine kleine Drachenkunde. Später geht es um Ahnenforschung und natürlich um die Mythen und Legenden. Ein paar Dinge wissen wir ganz sicher, aber wie gesagt: Das hier ist praktischer Unterricht. Frag die Drachen alles, was du wissen willst. Hör erst auf, wenn du meinst genug zu wissen. Oh, aber vier Seiten Pergament ist das Minimum«, sagte sie und küsste Brix auf die Wange. Er lächelte.

Die Tür zum Klassenraum stand offen – Ambro würde bald merken, dass sie immer offen stand, dennoch wurde sachte angeklopft.

»Immer herein«, sagte Pan Harbor fröhlich. Vier Kinder, unter ihnen war auch Jori, drängten in den kleinen Unterrichtsraum.

Ein Junge, deutlich größer als Ambro, kam direkt auf Pan Harbor zu, in den Händen mehrere Seiten Pergamentpapier.

»Ich möchte heute meinen Vortrag halten«, sagte er. Jori hielt sich hinter ihm, Soems war nirgends zu sehen.

»Das ist sehr schön, Vuk, aber deine Kameraden sind alle unterwegs. Ich kündige dich an und du hältst den Vortrag morgen, vor allen Kindern.«

Der Junge schluckte schwer. Bei der Erwähnung von allen Kindern war er auf Ambros Größe geschrumpft. Er hatte wohl gedacht, er könnte heute nur vor seiner Lehrerin sprechen.

»Ja, gut.« Vuk setzte sich neben Ambro und sah ihn mitleiderregend an.

Jori trat vor, sichtlich nervös, mit Blick auf Ambro. Der nickte ihm zu.

»Ja?«

»Ich bin Jori Norbor, der Dritte«, fing Jori an.

»Oh, ich kenne deine Schwestern…«

»Ja. Ähm. Ich möchte in Ihren Unterricht wechseln.«

»Gut, setz dich!«

DIE ALTE GRAUM

Olafur leuchtete mit einer Fackel in die Höhle hinein. Er konnte gerade so aufrecht stehen. Der Gang unter dem Felsvorsprung war auch nicht sehr breit. Ambro blieb dicht hinter seinem Vater und wunderte sich still. Er war es gewohnt, in großen, weitläufigen Höhlen den Winter zu verbringen, tief unter der Erde. In Höhlen, die groß genug waren, um auch Drachen viel Platz zu bieten. Es war üblich, mit mehreren Familien zusammenzuleben und so war es im Winter immer sehr laut und warm, weil stets ein Feuer brannte und die Kinder Verstecken oder Fangen spielten. Die Erddrachen bauten weitere Gänge und Wege ins Gestein, sie konnten kaum einen Tag stillhalten. Die Feuerdrachen blieben meist in den Gemeinschaftsräumen, manch einer behauptete, das würde sie an daheim, an die Mutter, erinnern, und deshalb brannte Tag und Nacht ein Feuer, mindestens von einem Drachen bewacht.

Die Winter waren viel geschäftiger, fand Ambro. Die Erwachsenen webten oder werkelten den ganzen Tag, Kleidung wurde hergestellt oder ein neuer Bogen für die Jagd. Ambro hatte seinem Vater im letzten Winter geholfen, eine neue Truhe zu zimmern, nicht, weil sie eine neue gebraucht hätten, sondern weil Ambro den Umgang mit dem Werkzeug hatte erlernen sollen und der Vater gefunden hatte, dass Ambro zu alt war, um den ganzen Tag mit den kleineren Kindern durch die Höhlen zu streunen wie wilde Katzen.

Ambro hätte den Älteren gerne zugesehen, wenn sie ein Kanu bauten oder ein Floß. Da er hier noch oft fortgeschickt worden war, weil er noch nicht einmal mit seinem Drachen verbunden, also praktisch ein Kleinkind war, zog er alleine los und suchte nach Wasserquellen. Dafür war man nie zu jung. Regelmäßig stießen die Erddrachen bei ihrer Arbeit auf unterirdische Seen oder auf natürlich entstandene Höhlen. Es gab auch welche, die von Wurzelwerk durchzogen waren. Es stand unter Strafe, diese Wege zu benutzen. Die Wurzeln stießen aus der Decke, suchten sich einen Weg in die Seitenwände oder in den Boden und verschwanden wieder, als hätten sie den Fels nie verlassen. Aber sie sahen schutzlos aus, wie sie die Luft durchschnitten, wie lustige Bindfäden. Manchmal saß Ambro stundenlang in solch einem Gang, mit einer Fackel und in gebührendem Abstand, und versuchte zu verstehen, wie das funktionieren konnte; die Natur war ein erstaunliches Ding.

Er liebte auch die unterirdischen Seen, das Wasser glitzerte dort so schön, und manchmal tauchte sogar ein Wasserdrache auf. Einer, der nicht zu ihrer Sippe gehörte und der durch einen Wassertunnel von einem See zu einem anderen gelangen konnte. Hier unten war alles in Bewegung und verbunden.

Und nun war Ambro hier, mit seinem Vater und einer Fackel, in dem Winterheim der alten Graum. Sie war nicht aus ihrem Winterquartier herausgekommen, obwohl es schon lange an der Zeit war, die Sommerstatt zu beziehen. Alle anderen des Dorfes hatten bereits ihre Sachen herausgetragen, gelüftet, geputzt und hergerichtet. Ambros Mutter war schon fertig. Die Betten waren aufgeschüttelt, die roten Bänder im Baumwipfel verknotet, Esstisch, Stühle und Feuerschale standen an ihrem Platz, direkt unter der Sommerlinde im Schatten. Die Treppe war überprüft und repariert und alle Winterkleidungsstücke waren gewaschen und in Truhen verstaut, der Sommer war da.

Ambro musste, wie immer, das große Frühjahrsbad im Waschzuber über sich ergehen lassen, seine Mutter hatte auch nicht vergessen, seine Locken anständig zu bürsten, aber auch das hatte er überstanden.

Graum war nicht aus ihrer Höhle gekommen, hatte nicht gefegt, nicht den Sommer begrüßt. Ambro durfte nur deshalb mit, oder *musste* vielmehr, weil es seine Hausaufgabe war. Er sollte eine *Drachenkunde* schreiben: *Besonderheiten und Merkmale der Drachen von Leotrim.* Wer noch nicht schreiben konnte, sollte den Vortrag mündlich vor der Klasse halten. Ambro konnte schon schreiben. Seine Mutter hatte ihn den Winter über unterrichtet.

»Wie lange habe ich für die Aufgabe Zeit?«, hatte er Pan Harbor gefragt.

»Du hast so viel Zeit, wie du brauchst. Solange dich das Thema interessiert, kannst du auch nachforschen. Du entscheidest, wann du genug weißt, um den Aufsatz zu schreiben.«

Das bedeutete, er konnte Aidar so lange folgen, wie er wollte. Er konnte ihm Fragen stellen und, weil es für eine Hausaufgabe war, musste er auch antworten. Bisher hatte der Drache aber nur gebrummelt – und Ambro hatte genau das gemacht, was er wollte: Zeit mit seinem Vater verbracht.

Ambro wusste, dass er viel Arbeit vor sich hatte, schließlich gab es vier Drachenarten, Pan Harbor hatte sogar angedeutet, dass es mehr gäbe; andere Drachenarten, außerhalb der besiedelten Gebiete von Leotrim.

»Wer weiß«, hatte sie gesagt, »wir kennen nicht jeden Winkel von Leotrim. Es gibt Orte, da ist nie ein Mensch gewesen. Ich persönlich glaube, dass es sogar Drachen gibt, die keinen *Broder* haben und keine *Siostra.* Stellt es euch vor: Reinrassige Drachen.«

Sie hatte leise gesprochen und die Worte hatten gewirkt. Kinder wie Drachen sahen sich mit großen Augen an, staunten und wollten mehr hören. Doch Pan Harbor hatte in die Hände geklatscht und den Unterricht für diesen Tag beendet.

Ambro nahm sich vor, Norwin zu fragen, um alles über Flugdrachen zu erfahren, und Tara, um die Erddrachen kennenzulernen. Erst jetzt bemerkte er, dass er kaum Kontakt hatte – weder mit Tara noch mit Aidar. Er versuchte sich zu erinnern, ob er je einen von ihnen sprechen gehört hatte. Ja, er wusste, dass seine Eltern viel mit ihren Geschwistern sprachen, aber sie verstummten, sobald er in Hörweite war. Aidar spielte hin und wieder mit ihm Fangen, in den Höhlen, und Tara hatte ihm im Winter eine eigene Schlafnische gegraben. Aber beide schnaubten oder grunzten nur – sie benutzten keine Wörter, keine Sprache, die Ambro verstehen konnte.

Wenn Ambro früher das Haus verlassen hatte, um auf einen seiner Streifzüge zu gehen, war ihm Aidar gefolgt. Ambro wusste nicht, ob auf Geheiß seines Vaters oder aus eigenem Antrieb. Es ärgerte ihn auch nicht, er fühlte sich nicht beobachtet, sondern verstand, ohne Worte dafür zu haben, dass Aidar meinte, Ambro brauche jemanden, der auf ihn Acht gab, da sein *Smok* noch in den Bergen gelebt hatte, behütet von der *Mutter aller Wasser.*

Nun war Norwin da und Aidar begleitete Ambro nicht mehr. Zumindest *sah* Ambro ihn nicht mehr. Für sie alle war es eine neue Erfahrung, mit einem Drachen unter einem Dach zu leben. Einem Flugdrachen obendrein. Weder Aidar noch Tara hatten je mit im Sommerhaus gelebt. Aidar war als Feuerbringer kein Schoßhündchen, das ein- und ausgehen konnte, wie es ihm gefiel. Olafur traf sich mit seinem *Smok* oft auf freiem Feld, wo sie herumbalgten wie kleine Kinder. Und Tara war sonnenscheu, sie sah Ambro grundsätzlich selten.

Aidar stapfte, wenig anmutig, weil er geduckt gehen musste, hinter Ambro drein und schnaubte ihm angestrengt in den

Nacken. Ambro musste sich dauernd die Haare aus dem Gesicht wischen. Olafur drehte sich um. Sie waren schon nach wenigen Schritten an eine Gabelung gekommen, beide Wege waren finster, keine Fackel leuchtete ihnen entgegen. Kein Ton war zu hören. Die Luft roch muffig und verbraucht.

»Wohnt sie alleine hier?«, fragte Ambro. Er schlief im Winter mit sieben oder acht Kindern in einem Raum, ständig war die Luft erfüllt von Kindergeflüster, Schnaufen, Schnarchen oder dem Geraschel einer Bettdecke, wenn sich jemand unruhig umdrehte. Nie war es still. Nie absolut still. Ambro griff nach der Hand seines Vaters.

»Graum ist eigen«, sagte er trocken. Er hob die Fackel, das Feuer züngelte an die Decke, und er sah Aidar an, drei oder vier Atemzüge lang. Aidar wies mit dem Kopf die Richtung und Olafur ging voran.

»Was ist, wenn Aidar jetzt Schluckauf bekommt?«, fragte Ambro. Er hatte schon erlebt, wie Aidar vor sich hin hickste: Wenn man ihn am Bauch kitzelte, bekam er Schluckauf davon. Es spielte keine Rolle, dass da dicke Schuppen waren. Es gab eine Stelle, die ihn ganz verrückt machte. Er japste dann nach Luft und mit jedem Hickser quoll eine Rauch- oder Feuerwolke aus seiner Nase, wie eine Stichflamme.

»Dann grillt er uns«, sagte Olafur und drehte sich um, um seinem *Smok* ein albernes Grinsen zu zeigen. Aidar grummelte ein Drachenlachen in der Kehle.

Aidar schnaubte Ambro an – mit Absicht! Die Arbeit mit der Bürste an seinen Haaren war dahin. Olafur wurde wieder ernst. Der Weg zu Graums Wohnstatt war nicht weit.

Ambro sah erstaunt, wie sich ein großer Raum vor ihnen auftat. Die Decke rückte weit nach oben, ein kleiner Abzug markierte den Zenit der Deckenwölbung und ließ ein wenig Licht herein. Direkt darunter stand eine schwere Feuerschale, viel zu groß für nur eine Person. Seine Familie kochte auf einer viel kleineren und bisher waren alle satt geworden. Das Feuer darin war vor langer Zeit erloschen. Graum besaß nicht viel, soweit Ambro das erkennen konnte. Er ließ die Hand seines Vaters los und im Schein der Fackel besah er sich ein kleines Schreibpult, eine Truhe für Kleidung, Graum besaß drei Bücher. Bücher waren selten. Ein Buch behielt man nicht für sich, sondern gab es weiter, sobald man es ausgelesen hatte. Graum war noch nicht dazu gekommen, ihre Bücher zu lesen und weiterzugeben, vermutete er.

Graum lag auf ihrem Bett, zugedeckt, die Hände auf der Brust liegend. Eine auf dem Herz, die andere weiter unten, unterhalb des Magens. Sie sah aus, als würde sie schlafen. Doch ihr Lebensfeuer war schon vor einiger Zeit erloschen.

»Bryn?«, fragte Olafur leise.

Es blieb still. Nur das Knistern der Fackel war zu hören. Ambro wagte kaum zu atmen.

»Bryn?«

Ambro hörte die Frage, ganz zart, noch einmal, aber es war nicht die Stimme seines Vaters, die er gehört hatte. Aidar stieß einen kurzen, kehligen Laut aus.

Die Antwort erfolgte verzögert, aus einer dunklen Nische, gleich neben dem Bett. Die Liegestatt von Graum war in den Felsen hineingeschlagen, die Decke wölbte sich darüber wie eine hohle Hand. Gleich daneben trat ein sehr alter Feuerdrache aus der Dunkelheit.

Sie lebt, dachte Ambro und empfand Mitleid für Bryn. Ihre Schwester war gestorben und sie wartete hier, um ihr zu folgen. Bryn sah aus, als hätte sie jeden Lebensmut verloren, selbst die Farbe ihrer Schuppen war matt wie gebrannter Ton.

Ambro hörte Schritte und schaute den Gang entlang, den sie gerade gekommen waren. Zwei Gestalten mit einer Fackel kamen auf sie zu.

»Hangameh«. Er hatte es laut gesagt und viel zu freudig, an diesem Ort. Das seltsame Mädchen mit den roten Haaren war bei ihr, hielt die Fackel wie eine Trophäe, blieb aber geflissentlich zwei Schritte hinter Hangameh.

Die Chronistin betrat den Wohnraum und ging zielsicher auf Aidar zu, berührte den Drachen sachte, seitlich am Bauch, und er machte ihr Platz. Sie hatte noch die Zeit Ambro anzulächeln, bevor sie sich Graum zuwandte.

Das seltsame Mädchen, er vermutete einfach, dass es sich um ein Mädchen handelte, auch wenn es am Äußeren nicht abzulesen war, ob es ein Junge oder Mädchen war, trug das Buch, das Ambro schon von seiner Verbindungszeremonie her kannte. Es sah schwer aus, aber auf der Stirn des Mädchens blitzte nicht eine Schweißperle. Nichts.

Ambro wollte etwas sagen, fragen, warum das Mädchen so leuchtete: Der kleine Halbmond auf ihrer Wange – *ist das eine Narbe oder ein Muttermal?* Ambro entschied sich für Narbe. Die kleine, halbmondförmige Narbe sah aus wie ein Stern am nächtlichen Himmel. Sie sah aus wie eins der Lichter.

Ihre Haare? Was ist mit ihren Haaren los?

Hangameh sah Ambro nur kurz an und er verstand, dass jetzt keine Zeit war für Fragen. Dakota zog die Kapuze, die sie aufhatte, tief ins Gesicht, verbarg Haare und Narbe größtenteils, und legte das ledergebundene Buch auf die blanke Erde. Das Schreibpult war einfach nicht groß genug, um es dort abzulegen.

Olafur schwieg und hielt gebührend Abstand, auch ihm drängten sich verschiedene Fragen auf.

»Es gibt Mittel und Wege, sich vor mir zu verbergen«, sagte Hangameh und damit war das Thema erledigt. Manch eine Seele verstand auch ohne ihr Zutun, dass sie nichts mitnehmen konnte, und schaffte den Abschied ohne ihren Beistand. Sie war es leid zu erklären, dass ihre Chronik nicht unfehlbar war, dass sie nicht überall sein konnte, dass nicht jeder von ihr im *Buch des Lebens* dokumentiert sein wollte. Graum war eigen gewesen. Hangameh wusste das. Graum war auch kein Einzelfall.

»Ich möchte, dass du sie in eine Decke wickelst, wie es Brauch ist, und sie zu ihrem Rosenhain bringst.«

Hangameh wies Dakota mit einer Handbewegung an, ihr zu leuchten. Dakota schlug das Buch auf, routiniert, und sofort auf der richtigen Seite. Ambro schlich näher an sie heran, konnte die kleine Schrift aber nicht entziffern. So gut konnte er noch nicht lesen, als dass er im fahlen Licht der Fackel die auf dem Kopf stehenden Buchstaben erkennen konnte. Olafur trat hinter Dakota und streckte die Hand aus. Ambro wusste sofort, was der Vater vorhatte, und wartete ab, ob es gelingen würde. Ambros Vater las nämlich immer noch wie ein Schuljunge, mit dem Zeigefinger auf dem Papier und der Zungenspitze an den Lippen. Dakota schob wie beiläufig die ausgestreckte Hand weg, markierte aber sogleich mit ihrem Zeigefinger eine Stelle im Buch, die sie ihm gestattete zu lesen. Olafur kniff die Augen zusammen, nach ein oder zwei Atemzügen nickte er und wandte sich ab.

Ambro verstand so viel, dass Graum sich einen Platz ausgesucht hatte, wo sie liegen wollte und dass Olafur sie dort hinbringen sollte. Er nickte nochmals und machte sich ans Werk, Graum in ihre Decke einzuwickeln.

Niemand sagte etwas, nur Bryn gab ein leises Wimmern, tief aus der Kehle, von sich. Dakota schlug das Buch wieder zu, Hangameh hatte nichts hineingeschrieben. Dakota hatte Mühe, das riesige Ding mit der Fackel in der Hand wieder aufzunehmen und sich unter den Arm zu klemmen. Ambro sprang ihr zu Hilfe, hob es auf, ächzte dabei und reichte es ihr so, dass sie es unter dem Arm tragen konnte.

»Du bist ganz schön stark«, sagte er anerkennend.

»Pscht!«, machte Hangameh. Sie näherte sich Bryn, redete ihr gut zu, leise und eindringlich, aber nicht hastig. Als sich Hangameh umwandte, um zu gehen, folgte ihr das alte Drachenmädchen leisen Schritts aus der Kammer hinaus. Dakota folgte den beiden mit großem Abstand, und Ambro ihr. Er sah sich nochmals um, der Vater winkte ihm, er solle die Fackel nehmen, und so ließ er den Vater und Aidar im Dunkeln zurück.

»Keine Sorge«, sagte Hangameh. Ambro wusste nicht, ob das ihm galt oder Bryn.

Draußen angekommen, atmete Ambro tief ein. Jetzt fiel ihm wieder auf, wie muffig die Höhle gewesen war.

Dakota löschte ihre Fackel mit Sand und steckte sie in die Halterung an der Höhlenwand.

Hangameh redete weiter auf Bryn ein, leise, und berührte sie immer wieder an Schnauze und Hals. Ambro starrte ins Dunkel der Höhle, sein Vater und dessen Drache tauchten nicht auf.

Mit einem kurzen, kehligen Laut begrüßte Norwin das Drachenmädchen Bryn. Sie sah zu ihm auf, er saß oben auf den Felsen über dem Eingang. Ambro fühlte sich gleich besser. Sein Drachenbruder war da. Sein *Smok*. Seit seinem Sturz hatte er sein Nest kaum verlassen.

Bryn breitete ihre Schwingen aus, schlug zwei Mal nach der Luft, wie um zu proben, und hob dann ab. Dakota sah ihr nach, presste dann das Buch an ihre Brust und machte sich grußlos auf den Heimweg.

Hangameh kam auf Ambro zu.

»Wo fliegt sie hin?«, fragte er.

»Heim, in die Himmelsberge, zu ihrer Mutter.«

Ambro war verwirrt. Er dachte, die Drachen kehrten nie dorthin zurück. Hangameh lächelte. *Nie ist ein großes Wort.*

»Du denkst auch, alle Drachen seien mit den Menschen verbunden.«

»Sind nicht alle ...?«, stammelte er. »Woher weißt du, was ich gedacht habe?«

Hangameh lächelte immer noch und wunderte sich über sich selbst, dass sie das gesagt hatte. Vielleicht war Ambro der Richtige. Er dachte schnell und scheute sich nicht, Fragen zu stellen. Vielleicht war er derjenige, der ihr ein paar Antworten bringen konnte. Vielleicht war er derjenige, der an die Orte gehen konnte, die ihr versagt blieben.

»Sie ist nicht gestorben«, sagte Ambro. Sein Wissensdurst brannte.

»Nein, warum sollte sie? Bryn und Graum waren verbunden. Sie waren nicht eins. Eine kann krank sein und die andere ist zur gleichen Zeit gesund. Verstehst du das?«

Ambro nickte. »Was passiert jetzt mit Graum?«

»Sie wird sich niederlegen an dem Ort, den sie sich dafür ausgesucht hat. Deine Sippe wird sich verabschieden und morgen schon, da schlüpft ein neuer Tag.«

Ambro war noch nie bei einer Grablege-Feier gewesen. Er fragte sich, ob er – jetzt, da er einen *Smok* hatte – auch an solchen Zeremonien teilnehmen durfte.

»Was macht deine Hausaufgabe?«, fragte Hangameh unvermittelt.

Norwin kletterte behände von seinem Ausguck herunter. Hangameh beobachtete ihn, auch Ambro drehte sich nach seinem *Smok* um. Norwin war ein guter Kletterer. Offensichtlich hatte sich daran nichts geändert.

»Ähm. Gut«, sagte Ambro schließlich, weil er nicht wusste, was die Frage sollte.

»Kennst du einen Wasserdrachen, ich meine persönlich?« Sie lächelte verschmitzt. Ambro hatte wieder das Gefühl, sie würde sich über ihn lustig machen.

»Nein«, sagte er, beinahe zornig, »du weißt, wie selten die sind.«

»Ja, und Meerdrachen sind noch seltener.«

Ambro kapierte gar nichts. Norwin kam neben ihn und schaute von einem zum anderen.

»Deine Freunde werden, so wie alle Schulkinder hier in der Gegend, zum Tal der zwei Seen laufen, um ihre Hausaufgaben zu erledigen. Das sind zwei Tagesmärsche, richtig?«

»Ja, und?«

»Wirst du auch dorthin gehen?«

Ambro war schon diverse Male im Tal der zwei Seen gewesen, er hatte dort auch schon Wasserdrachen gesehen. Er musste sich, ehrlich gesagt, eingestehen, dass er sich um die Wasserdrachen noch keine Gedanken gemacht hatte. Wenn überhaupt, wären ihm die Höhlen, die Winterstatt, eingefallen – dort gab es Wasserdrachen.

Aber jetzt war er erst einmal mit Aidar beschäftigt. Er wollte die Zeit mit seinem Vater ausnutzen. Wenn er schon die Gelegenheit dazu hatte. Und dann waren da noch Norwin und Tara.

Hangameh trug ihr Haar offen, nur zwei kleine Strähnen hatte sie geflochten, von der Stirn bis zum Knie. Eine der Strähnen wickelte sie sich um den Finger, als sie sagte: »Du könntest mich besuchen kommen. Ich wohne direkt am Meer. Dort gibt es Meerdrachen. Keine hundert, wahrlich, aber wir finden sicher einen oder zwei, die mutig genug sind, einem Jungen bei seiner Hausaufgabe behilflich zu sein.«

»Wirklich?«, fragte Ambro baff.

»Ich habe noch nie das Meer gesehen, und du?«, fragte er seinen *Smok*. Norwin schwieg.

»Es sind drei Tagesmärsche, es spielt also kaum eine Rolle, ob du in die eine Richtung oder in die andere gehst.«

»Ja, oh ja!«, sagte er und fragte sich sofort, ob auch sie drei Tage lang unterwegs war – war sie vielleicht deshalb zu spät gekommen?

»Deine Freunde wären sicher beeindruckt.«

Ja, das wären sie sicher. Und die Eltern. Alle. Ambro drückte Norwin an seine Brust und stellte sich kurz vor, wie er im Rondell einen Vortrag über die Meerdrachen halten würde – in seinem Dorf war kein einziger Hüter des Wassers. Er würde also nicht nur vor seinen Schulkameraden sprechen, sondern auch abends, vor allen Großjährigen, die kamen, um neue Fertigkeiten zu erlernen, oder Vorträge von Weitgereisten zu hören. Er wäre dann so einer. Ein weitgereister Mann, der berichten konnte, wie es andernorts zuging.

»Wann?«, fragte er.

»Wann du willst.«

Endlich kamen Vater und Aidar aus der Höhle. Olafur trug die alte Graum auf seinen Armen. Er schwitzte und schnaufte schwer. Ambro bemerkte plötzlich, dass sich einige graue Haare in den Bart des Vaters gestohlen hatten. Die Haupthaare waren immer noch blond, so wie die von Ambro. Olafur trug die Haare kurz, so als schäme er sich für seine Locken. Ambro hätte seinen Vater gerne mal gesehen, als jungen Burschen, glatt rasiert und mit langem, lockigem Haar. Die Leute sagten immer, er sähe aus wie sein Vater. Ambro fand das überhaupt nicht.

Als Olafur in die Sonne trat, übernahm Aidar. Er verbeugte sich vor Graum und umfasste vorsichtig mit den Vorderläufen ihren dünnen Körper, ganz so, als könnte er ihr immer noch wehtun, wenn er zu grob wäre.

Olafur und Hangameh nickten sich zu. Aidar flog leise davon. Die Chronistin winkte Ambro mit ihrem kleinen Zopf zu und folgte Dakota, die schon fast nicht mehr zu sehen war.

»Lass uns heimgehen, Sohn«, sagte Olafur.

***

Ambro hatte von seinem Vater Pergamentpapier bekommen – für seine Hausaufgabe, ein seltenes und wertvolles Gut. Dazu mehrere Federn und sogar ein Fässchen Tinte. Doch er wollte seine Hände benutzen, keine Federn und Stifte. Erst, um einen Drachen zu berühren, um dann mit Kohle und mit Pflanzenpulver Farben zu kreieren. Er wollte das Blau der Flugdrachen, das schöne Himmelblau von Norwin, einfangen, er wollte das bedrohliche Grün der Wasserdrachen malen, er wollte wissen, wo ihre Kiemen saßen und wie sie funktionierten. Er wollte alles ganz genau aufschreiben, malen, festhalten. Das hatte vor ihm noch keiner getan. Er stellte sich vor, wie seine Zeichnungen herumgereicht werden würden, von allen Erwachsenen in der Abendschule. Wie sie staunen würden über all die Details, die Genauigkeit. Ambro war ganz aufgeregt, hastete in Gedanken weiter, als wäre dies ein Wettrennen.

Ambro wollte, um seine Zeichnungen vollenden zu können, die anderen Drachenarten studieren. Zwei Flugdrachen hatte er schon gezeichnet. Norwin und den Drachen seines besten Freundes Jori. *Soems.* Er war in letzter Zeit praktisch explodiert – in alle Richtungen, er hatte alles Kindliche eines Toddlers verloren, die Gesichtszüge wurden reifer, die Schuppen härter, selbst seine Stimme veränderte sich. Er flog hervorragend und hatte schon fast die Spannweite eines ausgewachsenen Drachens. Sobald er durch die Mauser war, würde er im Heer der Flugdrachen aufgenommen werden.

AMBROS REISE

Er muss gehen«, sagte Olafur mit vollem Mund.

Sie saßen beim Abendbrot, im Westen ging die Sonne unter, über ihnen raschelten die Blätter der Sommerlinde in einer leichten Brise. Ambro genoss es, endlich draußen zu sein, und kaute mit geschlossenen Augen. Sollten seine Eltern doch diskutieren. Er sog den Geruch ein; der Vater hatte frisches Brot gebacken, es gab eine dicke Suppe und die Mutter hatte einen Salat zubereitet, in dem auch eine Handvoll Lindenblätter waren. Jeden Sommer, noch bevor der Baum richtig erblühte, aßen sie seine Blätter und wünschten ihm: »Mögest du uns und unsere Kinder überdauern.« Ambro hielt seine Holzschale in beiden Händen, murmelte leise den Wunsch und aß seine Portion mit den Fingern statt mit dem Löffel. Die Mutter schimpfte nicht. Nicht, wenn es um die Blätter der Linde ging. Anschließend trank er die süße Brühe aus. Er war im Sommer angekommen.

Die Höhlen gefielen ihm, noch schöner war aber, barfuß durch die Gegend zu streunen, nur den Himmel über sich, ohne Zubettgeh-Regeln, denn nicht die Sonne bestimmte im Winter den Tagesrhythmus, sondern die Mutter. Der Sommer war freier, weiter, schöner. In den letzten Wochen des Winters wurden ihm die Höhlen immer zu eng, die Leute kamen ihm zu nah, man war nie allein. Überhaupt entwickelten Menschen wie Drachen eine Gereiztheit, die nur die Sonne besänftigen konnte.

Ambro hatte vor, seine Streifzüge auszuweiten. Bisher war er am Abend immer nach Hause gekommen. Nun war es an der Zeit weiterzuziehen. Er hatte seinen Eltern am Nachmittag von Hangamehs Einladung erzählt, seither diskutierten sie ein altes Thema: Ambro wäre zu jung.

Norwin war ein schweigsamer Begleiter. Seit er sich von dem Sturz erholt hatte, folgte er Ambro wieder überallhin, doch die Distanz zwischen ihnen betrug weit mehr als die zehn Schritte, die Norwin hinter seinem *Broder* blieb.

Pan Harbor hatte ihm eine Aufgabe gegeben und die Freiheit, sie so zu bewältigen, wie er es wollte. Jetzt musste er nur noch seine Mutter überzeugen. Sie wollte nicht, dass er drei Tage durch Leotrim marschierte, schon gar nicht Richtung Meer. Was ihr Junge bei der Chronistin sollte, war ihr auch nicht klar.

»Er könnte doch, wie alle anderen, ins Tal der zwei Seen gehen, das ist ungefährlich«, sagte sie, an Olafur gewandt.

Ambro trank seine warme Milch, Norwin saß etwas abseits und knabberte vorsichtig an den Speisen, die Smilla ihm hingestellt hatte. Sie war irritiert von Norwin; sollte er mit am Tisch sitzen oder aus einer Schale am Boden schlabbern wie ein Hund? Seine Vorlieben kannte sie noch nicht und alles, was Tara oder Aidar mochten, rührte Norwin nicht an. Sie fütterte ihr Drachenmädchen mit der Hand, wenn sie beisammen waren, auch heute noch, doch Ambro machte keinerlei Anstalten, etwas Derartiges zu tun. Er aß und trank am Tisch, als wäre er allein auf der Welt, und beachtete Norwin nicht.

Tara versorgte sich, seit sie Smillas Nest entwachsen war, selbst und fraß, was sie unter der Erde fand. Sonnenscheu wie sie war, verließ sie die Höhlen im Sommer so gut wie nie. Smilla vermisste ihr Mädchen jetzt schon.

Heute versuchte Norwin zum ersten Mal Lamm. Nachdem er alle ihre Wurzeln, Gräser und Salate verschmäht und seit Tagen kaum etwas gegessen hatte, versuchte sie es nun mit Fleisch. Als könnte ihm der Batzen noch davonlaufen, stieß er mit der Nase dagegen, leckte daran und riss dann kleine Bissen heraus. Norwin sah nicht sehr glücklich mit seinem Abendbrot aus.

Smilla beäugte ihn und seufzte.

»Ambro ist zu jung, um allein und so weit weg von zu Hause …«

»Gut«, unterbrach Olafur sie, »ich werde ihn prüfen.«

Ambro horchte auf. Selbst Norwin wendete den Kopf.

»Ich werde mit Ambro in die gelben Wälder gehen – ich stamme dort her und du weißt, es ist ein ungefährlicher Ort. Natürlich bleibe ich in seiner Nähe«, beschwichtigte Olafur sogleich seine Gefährtin. Die starrte ihn mit weit aufgerissenen Augen an.

»Er soll sich selbst versorgen und allein heimfinden. Wenn er das kann, dann kann er auch die Chronistin besuchen, ohne dass du vor Angst und Sorge umkommst!«

Olafur zwinkerte Ambro zu.

»Er kann fischen, er weiß, wie man einen Hasen fängt und zubereitet. Und Norwin ist ja auch noch da.«

»Norwin kann nicht…«, begann Smilla und unterbrach sich selbst.

Norwin und sie sahen sich lange an. Ambro starrte von einem zum anderen und versuchte zu begreifen, was da vor sich ging. Schließlich nickte Smilla.

»Sie passen aufeinander auf«, sagte Olafur, »das ist für beide gut. Wenn die Nacht dunkel ist und einsam, hat schon mancher seine Sprache gefunden.«

»Und du lässt sie nicht aus den Augen?«

»Nein, auf keinen Fall«, sagte Olafur, dabei war ihm jetzt schon klar, dass er einen anderen Weg einschlagen würde.

***

Olafur weckte Ambro mitten in der Nacht. Er hatte einen kleinen Lederbeutel mit Kordel vorbereitet und drückte diesen an Ambros Brust.

»Es geht los«, sagte er. Ambro rieb sich verschlafen die Augen und zog sich wortlos an. Norwin musste nicht geweckt werden. Als hätte er es geahnt, saß er aufrecht in seinem Nest, und sah so aus, als wäre er nie wacher gewesen. Olafur hob ihn aus seinem Nest, streichelte seinen Bauch, als wollte er ihm dadurch Mut verleihen und ihm mitteilen, dass er gut auf Ambro aufpassen müsse. Ambro besah sich seinen Vater und seinen Drachen und wartete auf seinen Mut-Streichler.

Stattdessen schubste der Vater ihn nur Richtung Strickleiter, ohne ein weiteres Wort. Ambro kletterte hinab, von seinem Lindenzimmer zum Tanzboden und die Treppe herunter. Er kannte sein Zuhause, seinen Baum, er brauchte kein Licht, um den Weg nach unten zu finden. Norwin kletterte am Stamm hinab, ohne Umwege, wie ein Eichhörnchen.

Ohne den Inhalt des Beutels zu prüfen, knotete Ambro ihn am Gürtel fest. Ebenso sein Jagdmesser mit dem Rosenholzgriff samt Scheide aus Leder. Natürlich musste er seine Notizen mitnehmen – die trug er verborgen unter seinem Hemd.

Der Vater trödelte nicht. Eingehüllt in seinen roten Mantel und mit seinem Gehstock in der Hand marschierte er los. Ambro hatte gerade noch Zeit, sich seinen blauen Mantel zu schnappen und dem Vater eilig zu folgen. Ambro legte sich den Mantel um die Schultern und merkte sofort, dass die Tasche, die seine Mutter ihm in den Mantel genäht hatte, gefüllt war. Ohne nachzusehen ahnte er, dass sein Pergamentpapier und seine Kohlestifte darin waren. Obendrein war sein Mantel mit einer breiten Mantelkrempe ausgestattet, die die Tasche am Rücken verbarg und verhinderte, dass der Inhalt nass wurde. Da Ambro sich einen Mantel aus Leder noch nicht verdient hatte, war seiner aus grober Wolle, und die Krempe, die bis zum Ellenbogen reichte, war mit Wachs durchtränkt.

Norwin ging schweigend hintendrein.

Ambro achtete nicht auf den Weg. Er wusste, er sollte es, aber er war zu müde und hatte Mühe, mit dem Vater Schritt zu halten. Der ging kraftvoll und mit großen Schritten voran, die Dunkelheit hinderte ihn nicht am Vorankommen, er stolperte nicht und sah sich nicht nach Ambro um.

Ambro starrte vor sich auf den Boden. Der Mond versteckte sich wie ein feiger Hund hinter einer Wolke und half ihm nicht sich zu orientieren. Ambro stolperte mehr, als dass er ging. Steine, Gras und Moos wechselten sich unter seinen Füßen ab, er stieg über Baumwurzeln und Maulwurfshügel, über schwarze, handbreite Mauerreste und überquerte den Neun-Drachenkopf-Fluss an einer Stelle, wo er noch nie gewesen war. Alles in zügigem Tempo. Manchmal sah Ambro auf und betrachtete den Rücken seines Vaters, er ging aufrecht und stolz, mehrfach versuchte Ambro, auch seinen Rücken zu strecken, die Schultern nach unten zu drücken und so zu gehen, wie es sein Vater tat. Es klappte nicht oder nur wenige Schritte lang, dann sank er wieder in sich zusammen und fühlte sich kleiner denn je.

Erst bei Sonnenaufgang machte der Vater halt. Ambro hatte keine Ahnung, warum ausgerechnet hier. Nichts markierte diesen Ort. Um ihn herum erstreckten sich wilde, taunasse Wiesen in alle vier Himmelsrichtungen. Der Morgennebel hatte sich noch nicht verzogen. Der gelbe Wald konnte überall sein.

»Weißt du, wo du bist?«, fragte Olafur.

»Nein«, sagte Ambro wahrheitsgemäß und gähnte.

»In deinem Beutel sind eine Angelschnur, Feuersteine, Brot und etwas trockenes Obst. Das ist nur für dich. Jetzt musst du deinen Drachen versorgen. Hast du das verstanden?«

»Ja.« Ambro sah sich um. Norwin saß direkt hinter ihm, berührte ihn fast, und schaute zu Olafur auf, immer noch mit wachen Augen, als wären sie nicht die Nacht über nach Nirgendwo gelaufen.

»Ich lasse dich hier …«

»Jetzt schon? Ich dachte …«

»Die Sonne geht auf«, sagte Olafur. Ambro blinzelte nach Osten.

»Ich lasse dich hier. Ich weiß, was ich deiner Mutter gesagt habe. Sie denkt, du und Norwin könnt nicht allein zurechtkommen. Du wirst ihr beweisen, dass sie unrecht hat.«

Olafur blickte streng auf seine Söhne herab.

»Niemand wird euch etwas schenken. Ich auch nicht. Also gehe ich und ihr lernt aufeinander achtzugeben.«

Ambro nickte. Widerspruch war zwecklos, zudem hatte er auf so eine Chance gewartet. Ein kleines bisschen freute er sich sogar. Ein Lächeln huschte über sein Gesicht, Olafur nahm es wahr.

»Du gehst zur Chronistin. Eine solche Einladung schlägt man nicht aus.« Olafur zeigte mit dem Finger die Richtung: Osten. »Du wirst ein paar Tage brauchen und musst morgens immer auf die Sonne zugehen.«

Olafur kniete sich ins feuchte Gras, um seinem Jungen auf Augenhöhe zu begegnen.

»Mach dir keine Sorgen, wie du wieder nach Hause findest, Ambro. Norwin kennt den Weg.«

Damit streichelte er den blauen Drachen am Kopf und hinter den Ohren. Norwin schloss genüsslich die Augen.

»Was sagst du Mama?«, fragte Ambro.

»Die Wahrheit. Du erkundest Leotrim.« Olafur küsste Ambros Stirn und Norwins Nase, stand auf und musterte die beiden noch ein Mal. Dann machte er sich auf den Weg.

Ambro nahm an, dass sein Vater absichtlich nicht in die Richtung ging, aus der sie gekommen waren, damit er ihm nicht einfach folgen konnte. Ambro dachte nicht an zu Hause und auch nicht an die Himmelsberge. Er musste nach Osten.

***

Norwin war ein guter Läufer, geschickt und wendig. Er ahmte die Bewegungen der Erddrachen nach, die auch nicht fliegen konnten. Tara hatte es ihm gezeigt, natürlich waren ihre Pfoten größer, die Krallen gefährlicher, sie musste graben können, sich durch alle Gesteinsschichten winden und Höhlen bauen. Er hatte sie ausgefragt; es war verboten Baumwurzeln zu verletzen. Die Erddrachen machten lieber große Umwege, als ein Wurzelwerk zu verletzen. Aber darum ging es nicht. Die Kraft in Armen und Beinen war ihnen beiden gegeben und so beugte er sich nach vorn, wie sie es ihm gezeigt hatte, und ging auf allen Vieren. Der Bauch schleifte nicht auf dem Boden, er war ja keine Schlange. Er bewegte die Arme und Beine diagonal, das war das Geheimnis. Das rechte Vorder- und das linke Hinterbein wurden gleichzeitig bewegt und abwechselnd entstand so ein Schubgehen, das sich für Norwin erstaunlich bequem anfühlte. Er senkte den Kopf, mit der Nase nah am Boden, ein weiterer Sinn erwachte in ihm, als wäre er immer da gewesen. Seine Artgenossen hatten das – beim Fliegen und beim Laufen auf zwei Beinen – wohl vergessen; wie die Erde riecht oder das Gras. Er konnte Ambro riechen und seiner Spur folgen, als würde dieser ein blaues Band hinter sich herziehen.

Norwin merkte, dass es beim Gehen auf den Rhythmus ankam, bald dachte er nicht mehr, ging nur noch, roch den Weg und genoss die Bewegung, das Natürliche daran.

Ambro hatte noch nicht bemerkt, dass sein Bruder längere Strecken und ein schnelleres Tempo schaffte als er und sich zurückhielt für ihn. Norwin blieb hinter Ambro, damit er es nicht sah. Er fühlte sich wohl in seiner Gangart, mit seinem Geheimnis.

***

Die Sonne vertrieb den Nebel, es wurde bald warm und wärmer, Ambro schwitzte unter seinem Mantel und bemerkte bald ein großes Problem: Der Vater hatte ihm keinen Wasserschlauch mitgegeben. Er dachte angestrengt nach; der Vater hatte auch keinen gehabt. Doch Ambro dachte auch, sein Vater wäre am Abend wieder zu Hause. Ambro kniete sich neben seinen *Smok*. »Hast du eine Ahnung, wo wir Wasser finden?« Ambro hatte die Frage beiläufig gestellt und keine Antwort erwartet. Doch Norwin ging zielstrebig los, mit der Nase am Boden, seine Ohren zuckten aufgeregt. Ambro rannte ihm hinterher. Immer noch war weit und breit kein Baum, kein Busch, kein Strauch zu sehen, nur Gras umgab sie, weiche Hügel und erdiger Geruch. Nein, da war noch etwas. Schafdung.

Norwin führte seinen *Broder* an einen kleinen Bachlauf, so schmal, dass Ambro mit einem Schritt übersetzen konnte. Ambro kniete sich hin und trank. Das Wasser war eiskalt und klar. Ambro wusch sich auch das Gesicht und den Nacken.

»Wir sollten was davon mitnehmen. Oder eine Weile dem Bachlauf folgen. Vielleicht essen wir dann heute Abend Fisch. Du magst doch Fisch, oder?«

Norwin trank schweigend.

»Ich bin sicher, du magst Fisch.«

Ambro überlegte. Schafdung. Das bedeutete, es war eine Herde in der Nähe. Das bedeutete, es war auch ein Hirte da und das wiederum bedeutete, er konnte um einen Wasserschlauch bitten. Warum hatte er nicht gleich daran gedacht? Leotrim war voller Seen und Flüsse – während seiner Streifzüge orientierte er sich immer am Wasser. Der Neun-Drachenkopf-Fluss und seine Ausläufer waren wie ein Sicherheitsnetz und Wegweiser gewesen. Nun hatte er nicht einmal die leiseste Ahnung, in welcher Richtung sein Fluss, sein Zuhause lag.

Das Wasser plätscherte leise an ihnen vorbei. Ambro dachte an daheim, dachte an das warme Brot seines Vaters, das er auf dem Marktplatz, im Backofen – einem der wenigen, gemauerten Gebäude – ausbacken ließ, um es frisch und duftend mit nach Hause zu bringen. Er dachte an seine Mutter und ihre Tontöpfe, die sie auf dem Tisch verteilte, mit eingelegtem Gemüse: Gurken, Auberginen, Paprika und Tomaten. Er dachte daran, wie er ihnen von seinem Abenteuer erzählen und selbstverständlich dasitzen würde, ohne darüber nachzudenken, wie sich der Tisch mit so guten Sachen gefüllt hatte.

Er setzte wieder mit einem Schritt über den Wasserlauf, ohne nasse Füße zu bekommen und hockte sich neben Norwin. »Der Fluss verläuft nördlich. Wir müssen nach Osten. Wenn du Wasser finden kannst, dann sicher auch eine Schafherde.«

Sie beide tranken noch einmal von dem guten Wasser und machten sich wieder auf den Weg. Der Bachlauf und sein sachtes Plätschern verließ sie bald, und obwohl es sehr warm war, zog Ambro seinen Mantel nicht aus. Ein kräftiger Wind zerrte an ihm, manches Mal musste er die Augen zusammenkneifen, sich die Haare aus dem Gesicht wischen oder seinen Mantel festhalten, einem lustigen Fangspiel gleich.

Norwin blieb wieder hinter seinem *Broder*, doch Ambro war nicht wohl dabei.

»Hör mal, du solltest neben mir gehen. Ich finde den Weg nicht ohne dich.«

So schloss Norwin die wenigen Schritte zu Ambro auf und sah immer wieder zu ihm hoch. Doch Ambro sagte nichts zur Gangart seines Smoks. Es kam ihm gar nicht in den Sinn, dass es für den Drachen eine andere Möglichkeit geben könnte.

Ambro hatte es nicht eilig, der große Schritt seines Vaters war ihm kein gutes Vorbild. Er ging langsamer. Müdigkeit und Hunger plagten ihn, er hätte nicht erwartet, den Haferbrei seiner Mutter so bald zu vermissen.

Die Sonne hatte den Mittag schon lange hinter sich gelassen und war auf dem Weg zur Nacht, als der Wind neue Geräusche zu ihnen herantrug. Erst nur leises Geblöke, dann noch Hundegebell. Bald konnte Ambro zu den Geräuschen auch schmutzig-weiße Flecken ausmachen, die sich vom Gras abhoben – der Hund, ein schwarzer Zottel, kam ihnen entgegengelaufen. Nicht unfreundlich. Sein Bellen war eine Warnung, keine Drohung.

Der Hirte rührte sich nicht. Ambro machte ihn aus, inmitten seiner Herde. In einen grünen Mantel gehüllt, stützte er sich auf einen schwarzen, knorrigen Gehstock – das Ding sah aus, als hätte es Gelenke, wie die Finger einer sehr alten Hand.

Ambro grüßte, wie er es von seinem Vater gelernt hatte und beschrieb mit der offenen Hand einen Halbkreis. Der Hirte, Ambro konnte auf die Entfernung unmöglich sagen, ob es ein junger oder alter Mann war, grüßte zurück.

Der schwarze Zottel hinderte Norwin am Weitergehen, näher ließ er die Fremden nicht an seine Herde. Er stemmte sich in den Boden, Schwanz und Fell aufgestellt, knurrte er.

Der Hirte kam in Bewegung, die Schafe trotteten langsam, fast gelangweilt, beiseite, um sofort ihren alten Platz wieder einzunehmen, sobald der Hirte an ihnen vorbei war.

»Halt den Drachen fern.« Der Hirte sprach mit rauer Stimme, abgehackt, als würde er nicht oft sprechen.

Norwin setzte sich auf seine Hinterläufe und richtete sich auf. Der Hund wurde noch nervöser und sprang von einer Seite zur anderen und zurück. Norwin war nicht beeindruckt.

»Ich bin Ambro Gulur, der…« begann Ambro. Der Hirte, der nun neben dem Zottel zu stehen kam, unterbrach ihn barsch mit einer Handbewegung.

»Was hat der Drache?«, fragte er und zeigte mit dem Gehstock auf Norwin.

»Nichts. Er ist in Ordnung. Ich brauche einen Wasserschlauch.«

»Dein Problem.«

»Ich bin auf dem Weg zur Chronistin …«

Wieder hob der Mann die Hand. Er drehte sich um und wies mit dem Stock die Richtung. »Da lang.«

»Wie heißt du?«

»Warum willst du das wissen? Du gehst. Da lang. In großem Bogen um meine Herde. Dein Drache wird kein Schaf fressen.«

»Natürlich nicht«, sagte Ambro schnell und unterschlug, dass Norwin Lamm gar nicht schmeckte.

Norwin beugte sich wieder nach vorn, stand auf allen Vieren und starrte den schwarzen Zottel an. Der wimmerte und unterwarf sich schließlich.

»Bossl«, rief der Hirte mit tiefer Stimme. Der Hund rührte sich nicht.

»Mir gefällt nicht, was du mit meinem Hund machst«, sagte der Mann, an Norwin gewandt.

»Hör auf damit«, flüsterte Ambro und berührte Norwin am Rücken.

Wie eine plötzliche Erinnerung, als hätte er die Situation schon einmal erlebt, sagte eine Stimme, die seiner nicht unähnlich war: »Er knurrt mich an.«

Ambro ließ Norwin wieder los.

»Ich muss zur Chronistin, sie hat mich eingeladen. So was schlägt man nicht aus.«

»Nein«, stimmte der Hirte zu.

»Ich habe Hunger und keinen Wasserschlauch. Ich weiß, es ist mein Problem. Trotzdem frage ich: Kannst du uns helfen?«

»Manon.«

»Was?«

»Das ist mein Name«, sagte er, etwas weniger schroff, und griff in die Tasche seines Mantels. Er hat vorne Taschen, wie praktisch, dachte Ambro, auf jeder Seite eine. Manon zog einen gelben Apfel hervor und reichte ihn Ambro. Er griff nochmal in dieselbe Tasche. Für Norwin hatte er Trockenfleisch, so wie es roch, war es wohl Wild. Norwins Nüstern weiteten sich, er holte hörbar Luft und sog den Duft ein, er machte einen Schritt, zwei Schritte auf den Fremden zu und berührte mit der Nase beinahe dessen Hand.

»Ach«, entfuhr es Ambro, »das magst du?«

Manon lächelte, plötzlich, wie ein Blitz einschlägt an einem wolkenverhangenen Sommertag.

»Ihr seid noch nicht lange verbunden.«

»Nein«, gab Ambro zu, »ich bin nicht besonders gut darin, ihn zu versorgen.«

»Gib ihm was von deinem Apfel.«

Ambro wunderte sich, aber da der Mann schon fast freundlich war, gehorchte er, zog sein Jagdmesser mit der kurzen Klinge aus der Scheide und schnitt den Apfel knackend entzwei.

Manon machte eine Handbewegung, die Ambro an seine Mutter erinnerte und die Husch Husch bedeutete. Ambros Mutter unterlegte die Geste oft noch mit den Worten »Nur Mut«.

Norwin hatte nur Augen für das Trockenfleisch. Der Apfel interessierte ihn gar nicht. Unschlüssig stupste Ambro seinen *Smok* an und bot ihm den halben Apfel auf der flachen Hand an.

Norwin schnaubte. Er wandte den Blick endlich ab und ergab sich dem dargebotenen Obst. Vorsichtig, fast zärtlich, fraß er Ambro aus der Hand. Offensichtlich schmeckte es ihm, er wollte sogleich das andere Stück auch haben. Ambro biss einmal ab und gab ihm auch diese Hälfte.

»Heb das für später auf«, sagte Manon und gab Ambro die beiden Streifen Fleisch. Ambro säuberte das Messer an seinem Ärmel und steckte es weg. Das Geschenk von Manon verstaute er in seinem kleinen Lederbeutel.

»Danke«, sagte Ambro.

»Da lang«, sagte Manon wieder und wies den Weg.

Ambro nickte und ging, wie Manon es wollte, im großen Bogen um die Herde herum. Die Tiere blökten nervös, der schwarze Zottel wusste wieder, wer sein Herr war und tat seine Arbeit.

***

Ambro schlief unter freiem Himmel. Das hatte er noch nie getan. Weit und breit fand er keinen Baum, keinen Ort, der wenigstens für ein Nest geeignet gewesen wäre. Nur hügelige Wiesen – das Meer konnte er noch nicht sehen. Aber riechen, einem sauren Gruß gleich: Hier bist du nicht willkommen.

Er legte sich ins Gras, er hatte einige der schwarzen Steine, die er immer wieder fand, zu einem Kreis gelegt. Sein Feuer war klein und wärmte nur kurz, er hatte kaum Zweige und Äste gefunden. Einzig an vertrocknetem Laub mangelte es nicht. Auch wenn er sich nicht erklären konnte, woher es stammte. Der Wind musste es hergetragen haben.

Ambro hüllte sich in seinen Mantel, bettete den Kopf auf seinen Beutel und starrte zurück; die Lichter sahen ihn neugierig an.

Norwin legte sich zu ihm, sehr nah, und wärmte seinen *Broder* mehr als es das Feuer tat. Der Wind zerrte an ihnen beiden, Norwin breitete zum Schutz seinen guten Flügel aus, legte ihn über Ambro wie eine Decke. Da hörte der Junge zu frieren auf und schlief endlich ein.

Norwin schlief nicht. Er vermisste Soems und dachte an die erste Nacht zurück, nachdem er gefallen war. Norwin hatte in seinem Nest gelegen, die Nacht war schon alt gewesen, Ambro hatte in seinem Bett geschlafen, selbst die Lichter schienen sich bald zurückziehen zu wollen. Auch Aidar hatte sich entfernt.

Soems war gekommen, um nach ihm, Norwin, zu sehen. Er traute sich nicht in die Kammer hinein und saß auf einem Ast im Baumwipfel und spähte durch die offene Dachluke herein. Norwin, der nicht schlafen konnte, spürte den anderen mehr, als dass er ihn sah. Und trotz des Schmerzes jeder Bewegung kletterte er leise aus dem Nest und durch die Luke. Er vergewisserte sich noch, ob Ambro nichts bemerkt hatte und weiterhin fest schlief.

So setzte er sich neben Soems, zwischen die Blätter, die im Wind raschelten, eingelullt in die Geräusche der Nacht. Sie beide hörten Olafur schnarchen und doch waren sie weit weg von der Welt unter sich.

Der eine fragte den anderen, wie es ihm ginge und der andere sagte, es ginge schon und der eine drückte seinen Kopf an die Brust des anderen, wie um zu horchen, ob darin alles schlug wie es sollte. Und einer roch am anderen und erinnerte sich an zu Hause und den Geruch der Mutter und die Geräusche der Nestlinge und das Wuseln der Ammen und zusammen waren sie einen Augenblick nicht allein, weil sie dasselbe dachten und sich erinnerten und die Lichter hörten nur ein tiefes Brummeln, das aus Drachenkehlen drang, doch sie kannten die Worte nicht, die leise gesprochen wurden und nicht für fremde Ohren bestimmt waren. Der eine schlief ein bisschen und der andere auch und bevor die Sonne aufging, trennten sie sich.

Inmitten einer taunassen Wiese im Nirgendwo von Leotrim, nicht hier und nicht dort, vermisste der eine den anderen und den Trost, der nicht mit Worten beigebracht werden kann.

NEV

Am nächsten Morgen teilten Ambro und Norwin das Trockenfleisch von Manon und den Inhalt des Lederbeutels: Brot, getrocknete Pflaumen, Apfelschnitze und einige Nüsse. Sie gingen weiter gen Osten, der Geruch des Meeres wurde intensiver.

Ambro entdeckte ein Haus, eines, das aussah wie das Backhaus in seinem Dorf, nur viel größer. Es stand direkt auf dem Boden. In Leotrim gab es zwei Arten zu wohnen: In einem Baumhaus, weit oben und nah am Himmel, oder in einer Höhle, sicher vor der Kälte des Winters. Die einzigen Ausnahmen, die Ambro kannte, waren die Zelte der Markthändler und die aus Stein gebauten Backhäuser.

Vermutlich hat es sieben oder gar acht Zimmer, dachte er und überlegte schon, wie er es abzeichnen konnte. Er umrundete das eckige Ding, es war aus Holz gezimmert, das konnte er deutlich sehen, aber es war auch mit Lehm bedeckt, mit Lehm und Stroh. Er fragte sich, ob es warm war da drinnen, wenn es Winter wurde. Es hatte Fenster und Türen, so wie er es kannte, doch sie waren auch eckig und nicht rund wie bei ihm zu Hause, mit grünen Fensterläden, und außen herum führte eine hölzerne Terrasse. Das Dach war nicht flach. Zwei schräglaufende Flächen bildeten eine Zeltform.

»Ob es da oben auch ein Zimmer gibt?«, fragte Ambro leise, mehr sich als Norwin. »Ich sehe keine Strickleiter. Es muss eine Treppe innen geben, um nach oben zu kommen.« Norwin schwieg.

»Ich will da rein!«, sagte Ambro.

Norwin sah besorgt aus, als wollte er sagen: Du kannst da nicht einfach hineinspazieren. Ambro spürte, dass Norwin das Haus nicht geheuer war. Auf dieselbe Art, wie ihm der *Launige Vincent* nicht geheuer war. Der Leuchtturm von Leotrim hatte eine Seele, eine, die er nicht sehen konnte. Und Dinge, die man nicht sehen konnte, machten ihm Angst. Ambro fragte sich einen Atemzug lang, woher diese Gedanken kamen, war aber zu beschäftigt mit dem Haus, um länger daran festzuhalten.

Ambro sprang die drei Stufen hinauf, auf die Terrasse, auf die Tür zu, die er für den Eingang hielt. Das Haus erzitterte, als wäre es furchtbar erschrocken. Wunderlich, als hätte es tausend Füße, drehte es sich einmal um sich selbst. Ambro staunte nicht schlecht, doch Norwin rannte aufgeregt außen herum, und wie so oft verstanden sie sich nicht. Ambro wollte, dass sein *Smok* heraufkäme, während Norwin wollte, dass Ambro absprang und sie ihren gezeichneten Weg fortsetzten, ohne seltsame Häuser. Doch Ambro dachte nicht daran abzuspringen. Für ihn war es ein riesiger Spaß, er hielt sich am Geländer fest, als befände er sich auf einem Schiff in eine neue, aufregende Welt. Norwin sah zu, wie das braune Ungetüm davonrannte.

Es rannte nicht sehr schnell. Schließlich war es groß, schwer und ungelenk. Offensichtlich auch blind. Soweit ein Haus eben blind sein konnte. Es rannte, ohne dass Norwin etwas wie Füße erkennen konnte, über die grüne Wiese, ungeachtet der Steine und Bodenunebenheiten. Ambro lachte, er amüsierte sich prächtig, während drinnen deutlich hörbar die Möbel hin- und herrutschten, Gläser und Teller klapperten und schepperten, der gesamte Hausstand wanderte herum wie ein verrücktes Karussell.

Ambro linste durch eins der Fenster – es war sogar richtiges Glas eingefasst. Er konnte nicht erkennen, dass etwas in die Brüche gegangen war – nur, dass alles in Bewegung war.

»Sieht nicht so aus, als sei jemand zu Hause«, brüllte er Norwin zu.

Norwin konnte bequem Schritt halten und die klappernden, grünen Fensterläden beobachten, wie sie auf- und zuschlugen. Er hörte ein Schnauben und schüttelte den Kopf, als würden ihm seine Sinne einen Streich spielen. Er sah immer noch keine Füße, auch keine Räder, aber er konnte ausmachen, dass das merkwürdige Haus etwa eine Handbreit über dem Boden schwebte.

»Etwas lebt hier!«, rief Ambro.

»Ich«, sagte eine knarzige Stimme wie aus Holz.

Das Haus blieb abrupt stehen, als wäre es erschöpft. Es zitterte, klapperte und schepperte immer noch. Durch den jähen Stopp prallte Ambro gegen die Hauswand und landete unsanft auf seinem Hosenboden. Das Geländer hielt ihn gerade noch davon ab, rückwärts einen Purzelbaum hinzulegen.

In der Eingangstür stand ein Mann, noch im Nachthemd, mit wirren, grauen Haaren und nackten Füßen. Füßen, die sehr lange keinen Tropfen Wasser mehr gesehen hatten. Ambro rappelte sich auf.

»Wer stört?«, fragte der Mann.

»Ich«, sagte Ambro und grinste. Norwin schlich sich lautlos neben seinen *Broder* und starrte so unverhohlen wie Ambro auf die seltsame Gestalt.

***

Ambro saß auf einem alten Sofa mit Rosenmuster. Nev sagte, es wäre ein Sofa, und Ambro glaubte es, denn er hatte so ein Möbel noch nie gesehen. Hätte Nev das Ding Bofel genannt, es wäre ihm gleich gewesen. Es klang fremd und aufregend.

Es hatte Rollen, was wohl das Erstaunlichste war. Alle Möbel waren mit kleinen Rollen an ihren Beinen versehen und wenn das Haus sich bewegte, rollten die Stühle, der Tisch, die Kommode und ein Board mit Geschirr durch den Raum. In jeder Ecke des Hauses stand ein Strohballen, der sich in die Winkel schmiegte, und mit ein paar Seilen angebunden war. Ambro entdeckte überall Ösen und Haken, um Dinge festzubinden, an den Wänden, an der Decke, selbst am Boden. Er musste aufpassen, wo er hintrat.

Nev bereitete Tee, während Ambro sich ungeniert umsah. Zu gern hätte er alles angefasst und erkundet, aber er hielt seinen Drang danach im Zaun, als wäre er selbst irgendwo festgebunden.

Norwin saß derweil unruhig neben der Tür, als wollte er jeden Augenblick fliehen. Nevs Drache lag in seinem Nest, einem großen Weidenkorb, der mit vier handgelenkdicken Seilen an der Decke befestigt war. Der Korb schaukelte sachte hin und her wie ein kleines Boot bei Flaute. Der Flugdrache war alt, seine blaue Farbe war verwaschen und angegraut. Manch eine Feder sah verwüstet aus wie nach einem Hahnenkampf. Er pflegt sich wohl nicht, dachte Norwin.

Der Drache reagierte nicht, Norwin hörte und fühlte nichts, als wäre der andere völlig leer. Norwin versuchte sich an einem kurzen, kehligen Laut. Der Drache öffnete ein Auge und musterte Norwin sekundenlang. Schließlich schnaubte er.

»Der redet nicht viel«, sagte Nev und brachte zwei Teetassen mit zittrigen Händen zum Tisch, der unmotiviert in der Mitte des Raumes stand. Nev stellte den dampfenden Tee ab und rollte den viereckigen Tisch hinüber zu Ambro und dem seltsamen Ding namens Sofa. Er setzte sich zu Ambro und das Sofa gab nach unter seinem Gewicht, er hoppelte auf und ab, das Sofa knarzte wie zur Antwort und Ambro strahlte Nev an. Wieder etwas, worüber er zu Hause berichten konnte.

»Hast du auch einen Geburtsnamen?«, fragte Ambro. Er fand, Zurückhaltung war hier nicht vonnöten, der alte Mann ihm gegenüber trug nur ein Nachthemd, nichts weiter. Ambro sah mehr von ihm als ihm lieb war. Der Stoff war grau und abgewetzt, seine Haare wirr und lockig, sein Gesicht eine freundliche Landkarte. Keine Farbe im Haus ließ darauf schließen, dass er einer Hüter-Gemeinschaft angehörte. Ambro fand es höchst seltsam. Jeder in seinem Dorf trug seine Farben der Zugehörigkeit mit Stolz. Nur die Lehrer trugen keinen Mantel bei der Arbeit.

»Man nennt mich nur Nev.«

»Du bist nicht von hier!«

Nev nippte vorsichtig an seinem Tee, offensichtlich war er noch zu heiß. Ambro hatte seinen noch nicht angerührt. Er spürte Norwins Vorbehalte, der den ganzen Raum streng im Blick behielt. Nev schien über die Feststellung nachzudenken. Er sah hoch zu seinem Drachen.

»Nein«, sagte er schließlich.

»NevNev«, sagte der Drache. Seine Stimme klang sehr tief, gleichzeitig wie ein Niesen. Ambro meinte fast sich verhört zu haben. Es war kein Niesen, kein Schnauben.

»Dein Drache hat keine Zähne, Pan Nev.«

»Nur Nev, junger Freund. Und nein. Er hat keine mehr.«

»Warum?«

»Sie wurden ihm gestohlen.«

Norwin schüttelte den Kopf und auch Ambro tat die Bemerkung als Unsinn ab. Wie konnte man einem Drachen die Zähne stehlen? Einem Drachen von seiner Größe? Sein Schwanz hing aus dem Nest und reichte beinah bis zum Boden.

»NevNev«, sagte der Drache.

»Je nun. Er war noch kleiner, jünger damals«, beantwortete Nev die unausgesprochene Frage. Ambro versuchte den Tee, der inzwischen etwas weniger dampfte. Er schmeckte nach Koriander, bitter und scharf zugleich. Ambro nahm noch einen kräftigen Schluck, es schmeckte ihm und Nev lächelte zufrieden.

»Der Tee ist gut, hm?« Ambro nickte.

»Ruiniert nur die Zähne«, sagte der Kauz und hob schelmisch eine Augenbraue. Ambro konnte nicht sagen, was dieser Ausdruck bedeuten mochte, fürchtete sich aber plötzlich vor einem Zahndiebstahl. Er stellte die Tasse ab.

»Erzähl mir von dem Haus. Wie kann es sein, dass es...«, Ambro suchte nach einem geeigneten Ausdruck.

»Es ist eine Sie«, erklärte Nev und dachte wieder nach, mit Blick nach oben.

»Wir sind auf der Flucht. NevNev ist seinem Bruder davongelaufen ... vielmehr meinem .... Kurz, er war ein Mistkerl. Und mein *Smok*, na ja, er war ein Erddrache ...«, Nev schnaubte und fügte mühselig hinzu, »...es war sozusagen ein Unfall. Zumindest sagt er, dass es einer gewesen sei. Die Wahrheit ist kompliziert. NevNev und ich sind zusammen weggelaufen, wir waren beide plötzlich alleine, auf uns gestellt. Und dann fanden wir sie. Oder sie uns, ich weiß es nicht genau.« Nev sah sich in seinem Haus um, als sähe er es zum ersten Mal.

»Das war Glück«, sagte Ambro versonnen, »ihr beide habt ein Zuhause gebraucht.«

Nev lächelte gequält. »Als mein Drachenbruder starb, habe ich meinen Namen abgelegt. Verstehst du?«

Ambro nickte. Er verstand das sehr wohl und dachte an die alte Graum. Nun war es an ihm zu schnauben, aber nicht aus Traurigkeit. Die Aufgeregtheit in seinem Körper, die jeden Muskel in Spannung hielt, wich mit einem Mal. Man wurde nicht gemeinsam geboren, warum sollte es beim Sterben anders sein? Es gab keine Regel, die besagte, dass man jeden lebendigen Tag zusammen verbrachte.

Norwin schüttelte leicht den Kopf. Ambro tat ihm leid, weil er mit dieser Erkenntnis immer noch zu kämpfen schien. Ihr Leben war verbunden, durch ein Versprechen. Nicht ihre Zeit durch das Universum. Ambro berührte kurz seine Brusttasche, versteckt unter seinem Hemd, um sicher zu gehen, dass seine Notizen noch da waren. Das beruhigte ihn, wie immer.

»Und das Haus, also sie? Wie geht das?«

»Keine Ahnung.«

»NevNev«, sagte der Drache.

»Früher habe ich sie festgebunden. Die Seile«, sagte er und zeigte auf das Nest, »davon haben wir einige. Ich habe sie festgebunden an Bäumen und Felsen. Damit es keine Überraschungen gibt. Kannst du dir vorstellen wie es ist, abends schlafen zu gehen und morgens ganz woanders aufzuwachen?«

Ambro schüttelte den Kopf. Er konnte nicht sagen, ob sein Volk in Bäumen lebte, weil es Angst vor solchen Häusern hatte. Aber er wusste mit Sicherheit, keiner in seinem Dorf mochte Überraschungen. Eine Wohnstatt mit Wurzeln läuft nicht weg.

»Jetzt nicht mehr?«, fragte er.

»Nein, jetzt nicht mehr. Irgendwann habe ich mich damit abgefunden. Es spielt auch keine Rolle mehr. Jetzt.« Nev versank wieder in Gedanken. Er starrte in seinen Tee, als gäbe es dort etwas Interessantes zu sehen. Er seufzte. Norwin saß immer noch bei der Tür, weniger angespannt als aufmerksam. Er suchte Ambros Blick, der wie gerufen zu ihm hinsah. Ja, sie hatten beide die Narben bemerkt. Auf Nevs Handrücken, eine weitere die vom Ellenbogen bis zum Handgelenk reichte, und noch eine, am Schlüsselbein. Fingerdick. Ein leerer Drache, eine gequälte Seele und ein verrücktes Haus, bei allen Lichtern, was war hier nur los?

»NevNev«, sagte der Drache. Sein Schwanz wogte leicht hin und her, die Augen waren geschlossen, er schnaubte wohlig. Es schien ihm gut zu gehen, trotz allem.

»Ich glaube, ich habe sie gequält … also mit dem Festbinden. Es schien mir nicht richtig zu sein. Sie läuft immer wieder ans Meer. Tagelang an der Küste entlang.«

»Sucht sie was?«, fragte Ambro.

»Ja«, sagte Nev und richtete sich freudig auf, »das dachte ich auch schon.« Er zeigte wieder seine schmutzigen Zähne.

Ambro dachte plötzlich an die Steine im Gras, die er immer wieder gefunden hatte. Schwarze Grundrisse auf Wiesen und Feldern, Steinreihen, eine Handbreit hoch, die einmal die Grundmauern eines Hauses markiert haben könnten. Häuser, direkt auf dem Boden. Vielleicht waren sie auch weggelaufen? Was sollte ein Haus ohne Wurzeln auch tun?

AN DER KÜSTE

Die Welt endete plötzlich. Ambro hatte die Küste erreicht, Leotrim endete so abrupt wie man eine Scheibe Brot von einem Laib trennte. Hart.

Ambro legte sich auf den Bauch, ins weiche, moosige Gras, Norwin tat es ihm gleich und beide schoben ihren Kopf über den Rand der Welt und starrten nach unten, wo das Wasser wütend gegen den Fels schlug, als wüsste es nicht, dass hier das Ende war. Das giftige Grün sammelte sich, brach sich an den schwarzen Felsen, wieder und wieder, trotzig und doch stoppte, stoppte, stoppte es. Es gab keinen Weg hindurch, keinen darum herum und so tobte der ungleiche Kampf zwischen dem Wasser und Leotrim, das nicht wich.

Ambro nahm einen kleinen, flachen Stein und ließ ihn fallen. Sein Vater hatte ihm diese Methode gezeigt. Wenn er wissen wollte, wie tief ein Brunnen war, ließ er einen Stein fallen und zählte die Zeit, bis er unten aufschlug.

Ambro zählte auf acht und er hörte seinen Stein nicht, das Tosen verschluckte ihn einfach und er musste sich auf seine Augen verlassen statt auf seine Ohren.

»Wie sollen wir Hangameh finden?«, fragte Ambro mutlos. »Da runter können wir auf keinen Fall.«

Norwin richtete sich wieder auf. In beiden Richtungen ergab sich das gleiche Bild: Schroffe Klippen, schwarzes Gestein, das im Meer endete, unten wütete der Kampf der Elemente. Norwins empfindliche Nase musste sich erst an den sauren Geruch gewöhnen – das Gift schmerzte ihn in der Nase, in der Lunge, selbst im Kopf. Es beherrschte seine Gedanken. Er musste sich sehr konzentrieren und wandte sich schließlich, mehr auf seinen Bauch hörend, als seiner Nase vertrauend, nach links.

Ein Licht blitzte auf. Sie hatten es beide gesehen. Aber es war taghell. Warum sollte sich eins der Lichter bei Tag zeigen?

Es blitzte wieder. Kurz nur, es kam und ging wie eine Laune. Ambro und Norwin sahen sich an. Schließlich rappelte Ambro sich wieder auf, langsamer, als er es sonst tun würde. Hunger und Müdigkeit zehrten an ihm, er hoffte darauf, bei Hangameh eine gute Mahlzeit zu bekommen und vielleicht sogar einen Wasserschlauch für den Rückweg. Sein Beutel war leer. Nev hatte ihnen Brot, Nüsse und etwas Obst mitgegeben, doch das hatten sie am frühen Morgen schon aufgegessen. Die nächste Reise, nahm er sich vor, plane ich besser. Eine weite Strecke lang hatte er mit sich selbst geschimpft, wie er so arglos hatte loslaufen können. Seinem Vater unterstellte er Absicht, er war böse auf ihn. Ein paar Dinge hätte er ihm schon sagen können. Seine Mutter wollte immer, dass er Schuhe trug – jetzt wäre er froh, er hätte welche, aber es war seine eigene Schuld, dass diese nun neu und unbenutzt in seiner Kammer lagen. Nachts wurde es entsetzlich kalt. Seine Stifte, sein Papier, seine Notizen. Das alles hatte er herangeschleppt, statt gesalzenen Fisch und einen Wasserschlauch mitzunehmen. Er griff nach seinem Lederbeutel, den er unter dem Hemd verbarg. Die letzten zwei Sonnentage hatte er abends, im Dämmerlicht, Zettelchen um Zettelchen vollgeschrieben, hauptsächlich Beschreibungen über Nev und seinen Drachen. Aber natürlich auch die Sache mit dem Apfel. Er dachte viel darüber nach.

Norwin bemerkte natürlich, dass Ambro in seinen Gedanken mit jemandem sprach. Nicht mit ihm, eine Art Geistbruder, nahm er an. Manchmal murmelte Ambro auch vor sich hin, Norwin verstand die Worte dann aber nicht. Ambro hatte sich, seit sie Nev verlassen hatten, angewöhnt, Norwins Rücken zu berühren, während sie nebeneinander hergingen. Norwin sah seinen *Broder* immer wieder an, versuchte zu verstehen, was in ihm vorging, und bemerkte, dass die Stelle an seinem Rücken unter der Hand seines Broders warm wurde. Fast schwitzig.

Sie gingen auf das Licht zu, das immer wieder auftauchte und verschwand. Sie blieben mindestens zwei Flügelbreiten vom Rand der Klippe weg, zum einen wegen des ruppigen Windes, zum anderen machten sich beide Sorgen, sie könnten herunterfallen. Aus der Welt herausfallen. Sie beide beäugten das Meer, argwöhnisch und beeindruckt zugleich. Ambro kam es so vor, als säße er auf einer winzigen Insel, dabei hatte er wunde Füße vom Weg hierher. Eine Blase war aufgeplatzt und er musste die Wunde mit einem Stofffetzen seines Ärmels verbinden. Er hinkte beim Gehen, alles tat ihm weh. Die Beine, der Rücken, jede Faser seines Körpers. Wenn sie auf einen Bachlauf stießen, und den Lichtern sei Dank, hatten sie jeden einzelnen Sonnentag Wasser gefunden, steckte er erst seinen Kopf ins kalte Nass, um anschließend seine Füße zu kühlen. Und hier breitete sich diese grüne Masse vor ihnen aus. Der Schnitt war radikal: Hier oben das beständige Leotrim, sein Zuhause, und unten ein beweglicher Tod. Einer, der sich ausbreitete und größer wurde.

Aus dem blitzenden Licht wurde ein Leuchtturm. Es wurde Abend, bis die beiden nah genug herankamen, um zu erkennen, dass der weiße, schlanke Bau kein einziges Fenster, keine Tür besaß.

Ambro schüttelte den Kopf. Irgendwer musste den Turm betreiben, das Feuer bewachen, das Petroleum nachfüllen. Noch einschüchternder als der Turm selbst waren die beiden Drachen am Eingang des Hafens, die er aus der Ferne sah. Hüter des Wassers, das wusste Ambro. Sein Vater hatte es ihm erzählt. Sie starren bei Tag und bei Nacht auf das Wasser. Mit ausgebreiteten Flügeln.

»Die sind doch aus Stein«, flüsterte Ambro, »sie müssen aus Stein sein.« Sie rührten sich nicht. Trotz des Windes, trotz der Gischt, die an der Hafenmauer hochspritzte. Das Tor war geschlossen. Ambro war zu weit weg, um erkennen zu können, was dahinter lag. Ob sie ihn bemerkten. Norwin starrte nur den Launigen Vincent an. So viele Geschichten hatte er schon gehört. Über ihn. Die Ammen hatten abends Schauergeschichten erzählt und über ihn gesprochen, als sei er ein Geist, der die Himmelsberge jederzeit heimsuchen konnte. Nur Norwins Lieblingsamme Cedella hatte liebevoll von ihm gesprochen. Ihr Gute-Nacht-Gruß lautete bis zu seinem Abschied: »Sei tapfer und Vincent wirft sein Licht auf dich«. Als wäre das etwas Gutes.

Nun stand Norwin vor Stein und Mörtel und fragte sich, ob eine einzige Geschichte wahr wäre.

Das Leuchtfeuer kreiste weit über ihren Köpfen und warf sein Licht auf Land und Meer. Das Gestein, auf dem der Leuchtturm stand, wirkte wie ein Sockel und war sogar ein klein wenig höher gelegen als die Küste. Der Fels, der dem Wasser trotzte, war nicht schwarz, sondern grau und glatt, wie etwas, das lange poliert worden war. Wie eine Insel stand der Felsbrocken da, auf ihm der Leuchtturm, nur eine Drachenlänge von der Küste entfernt.

»Er ist fremd hier«, sagte Ambro. Es war keine Frage.

Der *Launige Vincent* war kein Teil von Leotrim und die Distanz von der Küste *Zur Ankommenden Hoffnung* hinüber zum Fundament von Vincent für einen Drachen, der nicht fliegen konnte, und einen kleinen Jungen unmöglich zu überwinden.

Ambro rückte näher an Norwin heran. Sein ganzer Arm lag nun auf dem Rücken seines Smoks, Haut und Federn fühlten sich weich, aber kühl an.

»Und jetzt?«, fragte Ambro leise.

Sie beide spürten etwas, das Hangameh schon oft erlebt hatte. Der innere Kompass richtete sich neu aus. In einem Augenblick dachte Ambro noch darüber nach, wie er hinüberkommen könnte, um den Leuchtturm aus der Nähe sehen, berühren zu können. Er war sich sicher, es gab einen Weg hinein. Und im nächsten wollte er dringend, als hinge sein Leben davon ab, eine Höhle sehen, eine bestimmte, die ganz in der Nähe war. Ambro nahm an, dass der Leuchtturm, der *Launige Vincent*, ihm gesagt hatte, wo Hangameh lebte. Dann verwarf er den Gedanken wieder, wie unsinnig.

Hunger und Durst waren vergessen, Norwin ging voraus und Ambro folgte.

Norwin hatte die Angst zu fallen völlig vergessen. Er stieg über den Rand der Klippe und fand einen ins Gestein gehauenen Pfad – nicht von Erddrachen erschaffen, die Spuren waren mit Hammer und Meißel, von Menschenhand, gemacht.

Die Höhle, die sie kurz darauf fanden, war leer. Kein Mensch, kein Drache war hier. Ambro, müde wie er war, entzündete ein Feuer, Norwin fand einige Vorräte, wie für sie vorbereitet. Sie aßen schwarzes Brot mit Salbei und Oliven, Nüsse mit Honig, sie tranken Tee, der lange nicht so gut schmeckte wie der von Nev. Ambro kletterte in ein Drachennest, eine andere Schlafstätte gab es nicht, und schlief sofort ein.

DER KINDSHÜTER VON LEOTRIM

Der dunkle Drache erwachte. Plötzlich, wie man aus einem Albtraum hochschreckt. Er hatte nicht geträumt. Die Dunkelheit um ihn herum ängstigte ihn nicht. Seine gelben Augen blickten langsam umher. Seine Höhle war finster wie eine mondlose Nacht, sein Schlaflager nur harter Stein. Seine Gelenke taten weh, sein Körper war steif und kalt, er probte einen Gedanken. Rücken. Flügel. Füße. Alles reagierte, wenn auch träge. Seine Schwingen raschelten wie sehr, sehr dünnes Papier. Er erhob sich; es knackte, als würde er aus einem Ei schlüpfen. Doch keine Schalen gaben Nerina frei, sondern kleine Steine, als hätte es in seiner Höhle Kiesel geregnet, vor langer Zeit.

Trockene Blätter, totes Getier und Staub fielen von ihm ab. Jemand musste ihn zugedeckt, versteckt haben. Er schüttelte Spinnweben von seiner rauen Haut wie eine Bettdecke aus Zeit. Er machte einen vorsichtigen Schritt, dann noch einen. Leise, als wollte er versuchen kein Geräusch zu machen. Er wusste, wo der Ausgang seiner Höhle war, auch wenn er ihn nicht sehen konnte. Er roch das saure Meer. Er hatte Durst.

Lange geschlafen?, fragte er sich. Er schüttelte den Kopf. Eine unsinnige Frage, Zeit spielte keine Rolle.

Als Nerina ans Ende seiner Höhle gelangte, tobte unter ihm das grüne Meer und über ihm schrie der schwarze Himmel »Tot«. Keines der Lichter summte, keines zeigte sich. Nerina wurde nie freundlich begrüßt. Er breitete seine Schwingen aus, erst die Deckflügel, um den letzten Staub abzuschütteln und mit einem Schlag wie Donner, die gesamte Spannweite. Der Wind huschte unter seine Flügel wie ein verschollen geglaubtes Kind, das endlich heimkehrt. Nerina genoss die Seeluft, die seine Schwingen streichelte, mit geschlossenen Augen und hieß die Bö willkommen. Dann erhob er sich lautlos.

***

Der alte Silván betrachtet still den Himmel, der so weiß ist wie er selbst. Es ist kein Unschuldsweiß, rein wie eine Kinderseele, sondern ein bauschiges Wolkenweiß. Ein bisschen schmutzig und verbraucht. Früher war er, wie alle Drachen der Luft, blau. Doch er hat seine Farbe verloren. Manchmal passiert das. Es existieren viele Geschichten um den Verlust seiner Farbe. Man sagt ihm nach, dass er die Lichter besucht hat und sie ihm das ewige Leben geschenkt haben. Er selbst bestreitet das. Silván rührt sich nicht. Er ist müde, die Knochen tun ihm weh. An kalten Tagen kann er seine Flügel nicht mehr ausbreiten. Die Haut raschelt dann wie steifes Zeitungspapier und die feinen Knochen knacken eine schmerzhafte Melodie. Immer öfter bleibt Silván am Boden und geht zu Fuß, sehr langsam. Oder er sitzt tagelang reglos auf den Felsen und schaut in den weißen Himmel. Die Muskeln unter seiner Haut zucken nervös. Das ist kein gutes Zeichen. Er spürt, es ist etwas in der Luft.

Silván breitet seine Schwingen aus, langsam und vorsichtig, ein Mal, zwei Mal probt er den Flügelschlag, bevor er wirklich abhebt, so leise wie immer. Das Meer unter ihm, hellgrün und ruhig, spiegelt ihn, im flachen Flug über das nasse Gift. Das saure Wasser ist für Menschen tödlich, sie können es weder trinken noch ihre Felder damit bewässern. Nur die Wasserdrachen fühlen sich darin wohl, und einige Meeresgeschöpfe.

Silváns erster Bruder, sein *Broder*, zu dem er als kleiner Toddler kam, starb vor einer Ewigkeit. Bo. Kaum jemand erinnert sich an diesen Namen. Silván hat ihn nie in die Chronik von Leotrim eintragen lassen.

Man muss sie aufsuchen, Hangameh, man zahlt ihr einen Obolus und diktiert ihr, was in die Chronik geschrieben werden soll. So hat man es ihm erzählt, daher ist er nie bei ihr gewesen in ihrer Höhle. Keines seiner Kinder steht in der Chronik. Niemand weiß, wie lange er schon der Kindshüter ist. Er hat diese Aufgabe nie gewollt.

Silván fliegt so flach über das Wasser, dass seine Flügelspitzen die Oberfläche berühren. Drei Wasserdrachen bemerken ihn, grüßen auf Drachenart, ein kurzer, kehliger Laut. »Ich sehe dich.«

Sie könnten schneller schwimmen als Silván fliegen kann, aber sie begleiten ihn – in seinem Tempo – auf seinem Weg zum Hafen.

Sie können seine Gedanken hören. Die Wasserdrachen gehören zu den wenigen Lebewesen in Leotrim, die den Namen Bo noch kennen. Wasserdrachen sprechen nicht die Sprache der Menschen und selbst wenn sie es täten, würden sie nicht die geheimsten Gedanken anderer preisgeben.

Wenn Silván auf den Felsen *Zur Ankommenden Hoffnung* sitzt, denkt er an Bo. Manchmal schafft er es, seinen Namen zu flüstern. Der Wind nimmt ihn dann mit. Heute ist der Himmel weiß und die Sehnsucht besonders groß. Silván ist auf dem Weg zum Launigen Vincent, dem Leuchtturm von Leotrim. Er ist der Einzige, der mit den Lichtern kommunizieren kann. Man kann ihm Fragen stellen. Manchmal antwortet er.

***

Der dunkle Drache flog zwei Tage, immer an der Küste entlang. Sein linkes Auge erblickte die steilen Klippen, das rechte das grüne Meer. Es leuchtete im Dunkeln. Nerina mochte das Meer. Mehrere Wasserdrachen begleiteten ihn, staunend. Manch einer der Alten erkannte und grüßte ihn.

Die Sonne verabschiedete sich gerade vom Tag, als Nerina sein Tempo reduzierte, dann senkrecht in der Luft schwebte, wie ein Korken im Wasser auf- und abdümpelte und an der Küste den Eingang suchte, auf halber Höhe der Klippen, zwischen Geröllstrand und dem oberen Rand. Lautlos schwebte er auf die Öffnung zu, setzte behutsam die Füße auf den schwarzen Granit und zog die Flügel ein, hübsch an ihren Platz.

»Dieser hier. Da«, sagte er.

***

Hangameh lächelte. Die Chronistin von Leotrim amüsierte sich nicht zum ersten Mal darüber, dass Nerina sich selbst als »Dieser hier« bezeichnete. Er war als Weibchen geboren worden. Nerina war, wie alle Drachen, aus einem Ei geschlüpft, damals, als die Zeit ihren Namen erhielt. Doch hatte er schon nach wenigen Tagen gewusst, dass er eine andere Aufgabe haben würde als seine Schwestern und Brüder. Die Mutter hatte ihm einen Namen gegeben, wie es Brauch war, doch Nerina hatte getrauert – er durfte keine Halbschwester haben, es war kein Mädchen geboren worden, das für ihn vorgesehen war. Er würde nie selbst ein Ei ausbrüten. Er war dazu nicht in der Lage. Die Ammen in der großen Halle hatten ihn von den Eiern ferngehalten, sie hatten sich in Nerinas Gegenwart schwarz gefärbt.

»Du bist ein Drache Leotrims«, hatte die Mutter gesagt, »ich verbiete dir, deinen Namen abzulegen.« Als hätte sie geahnt, was Nerina wollte. »Du bist Nerina aus den Himmelsbergen. Du gehörst zu mir.«

Nerina hatte zur Mutter gesagt: »Dieser hier wird kein Leben brüten. Dieser hier wird allein bleiben.« Er hatte die Himmelsberge verlassen und außer Hangameh und der *Mutter aller Wasser* wusste bis heute niemand, dass Dieser hier ein Weibchen war.

»Hast du Durst?«, fragte Hangameh, ohne von ihrem Notizbuch aufzusehen.

»Ja. Durst. Groß«, sagte er.

Nerina war kein Freund von ganzen Sätzen. Die Gedanken waren träge nach so langem Schlaf. Hangameh gegenüber waren keine guten Manieren vonnöten.

***

Dakota zitterte. Sie hatte Nerina noch nie gesehen. Solange sie lebte, hatte Nerina geschlafen. Jetzt war sie erschüttert vom Schwarz der Haut und der Größe des dunklen Drachens. Ihr war klar, dass die meisten Drachen nie aufhören zu wachsen. Ihr war klar, dass der Dunkle unendlich alt sein musste. Doch sie hatte keine Vorstellung davon gehabt, was das bedeutete. Der Eingang der Höhle war ausgefüllt, Nerina musste sich sogar leicht ducken, um mit den Flügeln durch die Öffnung zu passen.

Es kam Dakota vor, als hätte sich ein Mond vor die Sonne geschoben, so plötzlich war es dunkel in Hangamehs Heimstatt geworden. Es schien, als würde Nerina Schwärze ausstrahlen. Er absorbierte das Licht um sich herum, sog es ein. Verschlang es. Tötete es.

»Dakota, bring unserem Gast etwas zu trinken.«

Dakota hickste vor Aufregung. »Ja ... ja, natürlich«, presste sie hervor und verschwand.

»Gehilfe?«, fragte Nerina.

»Ja. Leotrim ist groß geworden. Ich schaffe die Arbeit nicht mehr allein.« Hangameh lächelte. Dakota war weit mehr als eine Gehilfin.

»Meine Aufgabe?«

»Du musst in die Himmelsberge«, sagte Hangameh.

Gut, dachte er. Zu Mutter. Lautlos flog er davon. Ohne zu trinken.

***

Silván sitzt auf dem Holz eines umgestürzten Liambaumes und blickt zum Horizont. Die Sonne ist schon vor Stunden untergegangen, der *Launige Vincent* schweigt. Nur sein Licht tastet suchend die Umgebung ab. Er hat schon seit Jahren keinen der Wasserhüter mehr aufs Meer hinausschicken müssen. Die Menschen sind vorsichtig geworden, nur wenige arbeiten noch als Fischer. Das Meer ist mit den Jahren immer unwirtlicher geworden. Manche haben ihre Wasserdrachen abgerichtet, die wenigen Fischsorten, die man noch genießen kann, nach Hause zu bringen. Diejenigen, die es getan haben, sind stolz darauf, ihre Familien auf diese Weise ernähren zu können.

Die Wasserhüter am Eingang des Hafens sitzen stumm auf ihren Sockeln. Mit ausgebreiteten Flügeln; sie nehmen ihre Aufgabe so ernst wie der *Launige Vincent*. Die Zeit hat aus dem Angriff des irren Drachens eine Legende gemacht. Eine Geschichte, die man glauben kann oder nicht. Die Wasserhüter aber erinnern sich. Der *Launige Vincent* erinnert sich: Silván war dabei gewesen. Er hatte erlebt, was aus einem Drachen wird, dem man Leid zugefügt hat.

Ein Summen erfüllt die Weite um ihn herum wie ein Schwarm Fliegen. Ein Stern summt mit seinem Licht zum nächsten und wieder zum nächsten und so ist das ganze Universum umspannt von einer summenden Lichterkette, die alles sieht – was war und ist und wird. Sie rufen seinen Namen. Silván.

***

Hangameh wies Dakota an, tief in die Höhlen, ins Archiv zu gehen und ein Notizbuch zu holen, ein altes, eines der ersten. Dakota brauchte für den Weg dorthin fast einen Tag und einen Schubkarren, um das Notizbuch zu transportieren.

Hangameh hatte ein eigenes Buch, ein inoffizielles Buch, für Silván angelegt. Bo und er standen nicht in der offiziellen Chronik, Hangameh war nicht bei ihrer Verbindungszeremonie dabei gewesen. Es waren andere Zeiten gewesen, ohne Ordnung, manch ein Name hatte es nie in ihre Chronik geschafft. Später schien es ihr unsinnig, einen Nachtrag einzufügen. Doch es ließ ihr keine Ruhe. Sie fragte sich immer wieder, wie viele Kinder von Leotrim, wie viele Bos ihr entgangen sein mochten. Nach Bos Tod hatte ihr die *Mutter aller Wasser* die Geschichte erzählt, wie Silván zu ihr gekommen war und sie um das Leben seines Halbbruders gebeten hatte. Sie konnte Leben geben, aber niemanden von den Toten zurückholen. Er hatte das nicht verstanden und geglaubt, ihre Macht sei unendlich. Er war mit seinem Bruder Bo in die Quelle gestiegen, doch der kleine Körper des Jungen war leblos geblieben. Das Wasser hatte sich blau gefärbt und Silván hatte mit einem Mal seine Farbe verloren – und Bo bei seiner Mutter zurückgelassen. Er wusste nicht einmal, wo der Junge beerdigt worden war. Bo war zu jung gewesen für die Grablege-Feier. Silván kehrte nie wieder in die Berge zurück.

Hangameh hatte diese Geschichte aufgeschrieben. Ohne Datum. Jedes Mal, wenn sie etwas über Silván hörte, fragte sie nicht, ob es wahr sei. Sie schrieb es in sein Buch. Es gab viele Geschichten über ihn. Er sei bei den Lichtern gewesen. Er sei unsterblich. Hangameh wusste es besser.

»Dakota. Ruf mir zwei Drachen. Bitte sie, mich und mein Notizbuch in die Himmelsberge zu tragen. Es eilt.«

Dakota schrieb eine kurze Nachricht, typisch für sie, in Großbuchstaben, und sandte einen zahmen Buntspecht, den sie selbst abgerichtet hatte, ins nahe Dorf Leed.

Hangameh zog sich an, Dakota half eifrig, aber nervös. »Was passiert jetzt?«, fragte sie immer wieder, die Wangen so rot wie ihr Haar. Zwei Drachen. Das bedeutete für Dakota, dass sie nicht mitdurfte.

Hangameh sagte nichts dazu. Sie wusste, wie enttäuscht das Mädchen war. Ihrem Bauchgefühl nach sollten aber so wenig Menschen wie möglich anwesend sein. Silván war scheu. Silván war stolz. Er würde nicht viele Augen bei seinem letzten Flug dulden.

Sie setzte eine Mütze auf, mit Ohrenklappen. Und eine Brille. Sie war kein Freund des Fliegens und fror immer entsetzlich. Sie trug Lederschuhe, mit Fell gefüttert, braune Wollhosen und eine schwere Fliegerjacke mit eingenähten Flügelknochen zur Stärkung des Rückenbereichs und vielen Schnallen, um die Jacke festzurren zu können wie eine zweite Haut.

Dakota hatte das Notizbuch in ein Leintuch geschlagen und schob es im Karren zum Eingang der Höhle. Zwei junge Flugdrachen, ganz dunkelblau, warteten dort, tappten nervös von einem Fuß auf den anderen und schaukelten ihren Kopf zur Beruhigung hin und her.

Dakota war noch nie geflogen und sah sie neugierig an.

Sie stellte den Karren ab und hastete zurück ins Archiv. Immer ein gutes Versteck. Die beiden Drachenjungen wechselten einen verwunderten Blick.

Hangameh atmete tief durch, sammelte sich und trat zu den beiden.

»Libor und Leotar«, sagte sie schlicht.

Die beiden hörten sofort mit dem Geschaukel auf, reckten den Kopf und drückten die Brust heraus, wie es junge Toddler tun, um sich größer zu machen. Die Drachenjungen hatten erst im Sommer ihren Federflaum verloren, da und dort schauten noch kleine, blaue Härchen zwischen den Schuppen hervor. Die Mauser war noch nicht abgeschlossen. Hangameh lächelte gequält. Fliegen mochte sie grundsätzlich nicht, und dann noch zwei Anfänger – wohl gerade in die Riege der Hüter der Luft aufgenommen? Womöglich hatten sie noch nicht einmal die Schule abgeschlossen.

»Wie lange seid ihr schon Hüter?«

»Seit drei Monden, Chronistin«, sagte Libor mit Stolz.

»Wir sind gute Flieger, Chronistin«, fügte Leotar hinzu.

»Ich kenne eure Namen. Wenn wir zusammen fliegen, solltet ihr auch meinen kennen – ich bin Hangameh«, sagte sie und verbeugte sich tief. »Ihr dürft Han zu mir sagen. Wollt ihr mich in die Himmelsberge bringen?«

»Ich will mit dir fliegen, Han«, sagten die Brüder gleichzeitig, noch etwas steif – Hangameh vermutete, dass die beiden dieses Ritual der Zustimmung bisher nur in der Schule geübt hatten – und verbeugten sich ihrerseits.

Hangameh ging zielstrebig auf Leotar zu, drehte sich um und drückte ihren Rücken an seinen Bauch. Vorsichtig, als wäre sie aus Glas, umfasste Leotar ihren schlanken Körper mit seinen Vorderbeinen.

»Nicht erschrecken«, sagte er und hob ab. Sie erschrak dennoch. Wie jedes Mal. Mit zwei Flügelschlägen schob er sich rückwärts aus der Höhle und schoss wie ein Pfeil gerade in die Luft hinauf, kaum einen Meter von den Granitfelsen entfernt. Sie erreichten den Rand, der aussah, als würde hier die Welt enden. Auf gewisse Weise endete sie hier auch.

Hangameh sortierte sich innerlich. Der Magen war noch da, wo er hingehörte, auch wenn er sich anfühlte, als wäre er, mit Steinen gefüllt, nach unten gerutscht und in ihrer Höhle geblieben. Der Ausblick war atemberaubend: Das grüne Meer unter ihnen, mit hohen Wellen, die wütend nach den Klippen griffen und die Wiesen von Leotrim, die genau hier begannen, als wollten sie dem giftigen Meerwasser trotzen. Hangameh hatte den Eindruck, sie bräuchte nur die Hand auszustrecken und könnte das Gras berühren.

Ein Schafhirte saß mit baumelnden Beinen am Rand der Klippe, kaute auf einem Grashalm und betrachtete sie neugierig. Er hob die Hand zum Gruß. Selbst die Schafherde hielt kurz im Grasen inne, um zu sehen, wer da über ihnen schwebte. Hangameh betrachtete Libor, wie er denselben Start hinlegte, ungestüm wie sein Bruder, nur trug er das Notizbuch an seine Brust gedrückt.

Man musste den Drachen nicht sagen, wo die Himmelsberge waren. Sie wussten es. Sie waren dort geboren. Der Ruf der Berge zog jeden Drachen magisch an. Auch Hangameh spürte das, wie ein Sehnen im Herzen, das »Heim!« schrie. Sie spürte, wie der Ruf die beiden jungen Drachen erfasste und drängte schneller zu fliegen.

***

»Der Kleine hier klopft wie wild«, sagte Cedella.

»Heute Nacht klopfen sie alle«, antwortete ihre Schwester. Die Halle der Eier war erfüllt von hektischem, neugierigem und eiligem Klopfen, Klackern und Kratzen. Die Eilinge drängten gegen ihre Schale, sie wollten hinaus in die Welt. Sie hörten das Summen. Sie spürten, es lag etwas in der Luft.

***

Die *Mutter aller Wasser*, Hangameh und Nerina warteten in der großen Halle. Die Mutter saß in ihrem Nest, umgeben von Hunderten von Eiern. Sie hatte die Ammen fortgeschickt. Normalerweise herrschte hier reger Betrieb. Dann huschten die Ammen zwischen der Mutter und den Eiern hin und her. Die Männer Leotrims durften nicht in die große Halle. Wenn sie kamen, um ein Ei auszuwählen, trugen die Ammen sie vorsichtig hinaus. Der werdende Vater musste eine Nacht mit seinem Ei in die Quelle steigen, erst dann wurde es der Mutter zum Ausbrüten gebracht. Sie konnte unmöglich alle selbst ausbrüten, manch ein Eiling wurde von einer Amme ausgebrütet, wenn er zu unruhig war und die anderen im Nest störte. Oder die Nachtruhe der Mutter.

Die Mutter hatte einen tiefen, beruhigenden Laut ausgestoßen und die Eilinge waren still. Nerina lag zusammengerollt auf dem Boden. Er mochte die Behaglichkeit eines Nestes nicht. Selbst hier. Er dachte schlicht, sollte er sich an Behaglichkeit gewöhnen, wäre das Leben außerhalb der Berge noch beschwerlicher.

Er schlief nicht. Seine Nüstern waren geweitet. Er gab vor zu schlafen und sog den Duft ein, den Duft der Mutter, seiner Geschwister, des warmen Nestes und des Quellwassers. Den Duft seiner Geburt. Nerina meinte, die Mutter würde es nicht merken, wenn er so reglos dalag und nur schnupperte. Leise.

Wie zufällig fiel der Schwanz der Mutter, den sie sonst sorgsam um ihre Eier wickelte, aus dem Nest und berührte Nerina. So groß Nerina war, die Kraft der Mutter war größer. Sachte wickelte sie ihren Schwanz um ihn und zog ihn etwas näher ans Nest. Hangameh sah das alles aus den Augenwinkeln. Sie saß steif auf einem Schemel, jeden Muskel angespannt. Das Notizbuch, auf der letzten Seite aufgeschlagen, lag zu ihren Füßen. Wie gern hätte Hangameh eine Szene wie diese in ihre Chronik aufgenommen. Doch für derlei war kein Platz.

***

Ein kurzer, kehliger Laut. Jeder Drache im Berg begrüßt ihn. Silván ist heimgekommen. Selbst die Mutter wird unruhig, schaukelt den Kopf hin und her, sehr langsam. Sie steht auf, aus allen Gängen und Nischen huschen die Ammen hervor, jede schnappt sich ein Ei und trägt es in ein kleines, eigenes Nest, um es warm zu halten. Dann ist alles wieder still. Nerina hebt den Kopf.

Wie eine Windböe huscht Silván, fast wie ein junger Drachenkämpfer, durch die Gänge hinab zur Halle der Eier. Zum ersten Mal seit hundert Jahren tut ihm nichts weh. Die Gelenke sind still, die Schwingen tragen ihn, als würde er nicht mehr wiegen als eine Feder. Der Berg heißt ihn willkommen. Er landet, das letzte Stück geht er zu Fuß, sortiert seine Flügel. Früher ging das wesentlich schneller alles wieder zusammenzufalten. Aber er hat es nicht eilig. Er duckt sich unter dem letzten Tor hindurch.

»Mutter.«

»Silván.« Ihre Stimme ist weich wie Samt. Sie breitet ihre Schwingen aus, ist mit einem Satz bei ihm. »Lass dich ansehen.«

Die Mutter umkreist ihren Sohn, liest alle Namen auf seiner Haut. Drachen bekommen nur einen Namen, normalerweise.

Seit Anbeginn war es so. Ein Drache und ein Menschenleben.

Die Mutter berührt den Namen Bo im Nacken ihres Sohnes mit der Nase, als würde ihm der Geruch des Jungen noch anhaften. Sie erinnert sich, wie Silván schlüpfte, wie sein Vater ihn abholen kam, wie Silván wenige Jahre später um Bos Leben bat. Sie spürt seinen Schmerz und weiß, dass sie einen guten Platz gewählt hat für Bo. Drachenheim.

Nach Bos Tod wurde Silván der Kindshüter. Jedes drachenlose Kind von Leotrim, jedes ohne *Smok* nahm Silván zu sich, wie es die Lichter von ihm verlangten. Jeden Namen ließ er sich vom Zeremonienmeister – Silván hatte es erfolgreich vermieden von Hangameh verbunden zu werden – auf eine Schuppe brennen, er sprach den Eid, wieder und wieder und bemerkte es selbst nicht: Es ist keine Schuppe mehr frei. Seine Zeit endet. Silván hat viele Leben begleitet, alle überlebt.

Manch eine Schuppe ist geschwärzt. Die Mutter fragt nicht danach. Sie weiß, was ein geschwärzter Name bedeutet. Kein Mensch darf einem Drachen Leid antun.

Hangameh tippt ihre Feder an, damit sie mitschreibt. Sie erhebt sich und tritt Silván entgegen. Silván saugt ihren Duft ein. Sie riecht vertraut, wie nasses Herbstlaub, ein wenig nach Tinte und sauer wie das Meer.

***

Hangameh lächelte den alten Drachen an und dachte bedauernd daran, dass ihre Chance nun verstrich. Gerne hätte sie einmal mit Silván über seine Vergangenheit gesprochen, ihn gefragt, warum er nie zu ihr gekommen war, um seine Geschichte in ihre Chronik eintragen zu lassen. Sie hatte Bücher um Bücher voll mit Namen und Schicksalen, doch seine Geschichte reichte weiter zurück, er kannte noch eine Zeit, bevor es sie, Hangameh, überhaupt gegeben hatte. Sie war überzeugt, dass er einige ihrer Fragen beantworten könnte. Warum hatte er einen Bogen um sie gemacht, warum hatte er sich seine Namen lieber von einem Fremden in die Haut brennen, denn von ihr schmerzlos aufschreiben lassen? War es doch sein Wunsch gewesen, dieses barbarische Ritual zu ändern. Kein einziger seiner Namen war geschrieben worden. Sein Leben war Schmerz gewesen. Für ihn spielte es jetzt keine Rolle mehr und sie nahm seufzend hin, dass sie die Antworten, die sie suchte, selbst finden musste. Hier und jetzt musste sie ihn gehen lassen.

***

Silván verbeugt sich.

»Deine Zeit als Hüter endet hier. Du warst gut.«

Silván schweigt, er hat keine Worte mehr.

»Nerina wird dich zum Friedhof nach Drachenheim bringen, wie es Brauch ist.«

Nerina, deutlich größer als Silván, erhebt sich. Wartet. Silván schweigt.

»Du musst Nerina fragen, Silván. Ich weiß, das ist schwer. Aber sonst nehmen sie dich nicht auf im ewigen Bett, selbst wenn du es allein finden solltest.«

Die Mutter liebkost ihn, drückt ihre Nase an seine. Tu es für Bo. Er ist dort.

Silván atmet lang und schwer aus.

»Willst du mich nach Drachenheim bringen?«

»Dieser hier will mit dir fliegen«, sagt Nerina. Sie verbeugen sich.

Nur das Kratzen der Feder auf dem Papier ist zu hören. Silván staunt, schnaubt und macht einen Schritt auf das Buch zu.

»Du kennst meine Kinder?«, fragt er.

»Nicht alle. Ich habe mich bemüht meine Aufgabe zu erfüllen …«

»Ich möchte meine Namen abgeben. Ich brauche sie nicht, dort wo ich hingehe.«

Hangameh nickt. »Ich lasse dir Bo.«

Silván legt sich flach auf den Boden und breitet seine Schwingen aus, damit jede Schuppe zu sehen ist. Jede einzelne. Hangameh tippt erneut ihre Feder an. Diese gleitet über Silván hinweg, fährt jeden Namen nach – im Buch erscheint eine entsprechende Liste. Sie überträgt einen Namen nach dem anderen, selbst die geschwärzten, bis nur noch Bo übrig ist. Geschwungen wie Musiknoten sehen die beiden Buchstaben aus.

Silván legt die Flügel wieder an, bleibt reglos liegen. Nerina braucht nur zwei Flügelschläge zu ihm, umgreift Brust und Oberkörper mit den Vorderbeinen, sachte. Silván wehrt sich nicht. Er ist müde und froh, endlich schlafen zu dürfen. Lange schlafen zu dürfen. Sie fliegen zusammen.

DIE CHRONIK VON LEOTRIM

»Wach auf«.

Ambro rieb sich die Augen. Eine kleine, zarte Hand lag auf seiner Brust, wie eine Bettdecke.

»Ambro?«

»Ja?«

»Was machst du hier?«

Ambro griff nach der Hand, die ihn berührte, richtete sich auf und starrte, noch schlaftrunken, in Hangamehs Gesicht, ohne zu begreifen wo er war noch warum. Sein linker Fuß pochte schmerzhaft. Er besah sich das Elend und stellte fest, dass aus seiner aufgeplatzten Blase eine offene Fleischwunde geworden war, der Fetzen Stoff, mit dem er seine Wunde verbunden hatte, war weg. Verloren. Er erinnerte sich nicht, wie er hierhergekommen war. Fragend sah er Hangameh an, er hielt immer noch ihre Hand.

»Ich glaube, ich dachte, das hier wäre deine Höhle.«

»Nein, das hier ist nicht meine Höhle. Ich habe deinen Vater getroffen …«

»Wo denn?« Ambro war augenblicklich wach und kniete sich hin.

Hangameh zögerte. »Das spielt keine Rolle. Er sagte, du seist auf dem Weg zu mir.«

»Und wo bin ich nun?«

Norwin kam hinzu, setzte sich neben Hangameh. Er hatte natürlich gerochen, dass hier ein Drache lebte und nicht die Chronistin. Allerdings erinnerte er sich nicht, woher er diesen Duft kannte.

»Das hier war Silváns Zuhause.«

»War?«

»Er ist gegangen.«

»Oh.« Ambro dachte darüber nach. Sein Magen knurrte hörbar, er sah beschämt von einem zum anderen und ließ Hangamehs Hand los, plötzlich, als hätte sie ihn bei etwas Verbotenem erwischt.

Dakota stand etwas abseits, schaute neugierig und wartete darauf, dass sie gerufen wurde. Hangameh nickte nur, da eilte das Mädchen herbei und holte allerlei Dinge aus ihrer Umhängetasche. Dakota schubste Ambro zurück ins Nest, schnappte sich seinen linken Fuß, wie man ein Tier fängt, das versucht wegzulaufen und säuberte die Wunde. Ambro zuckte zusammen und biss sich auf die Zähne. So sehr er sich auch bemühte nicht zu weinen oder zu schreien, ein Wimmern konnte er nicht verhindern. Er presste sich eine Hand auf den Mund und Norwin legte seinen Kopf auf Ambros Bauch. Auch er wimmerte leise. Beide beobachteten genau, was Dakota tat, als würde es den Schmerz lindern, wenn sie nur wussten, was passierte. Dakota schmierte dick eine grüne, stinkende Salbe auf Ambros Fußsohle, und verband sie gekonnt.

»Soll ich ein Schleifchen machen?«, fragte sie, als sie schließlich die beiden Enden der Leinenbinde in Händen hielt.

Ambro nickte tapfer. Dakota band eine Schleife auf dem Spann seines linken Fußes und umfasste dann warm seinen Knöchel, als hätte sie heilende Hände. Einen Atemzug später stand sie wieder abseits, darauf wartend, dass sie sich anderweitig nützlich machen könnte.

Ambro stand auf, sehr vorsichtig belastete er sein linkes Bein, und prüfte, wie schmerzhaft ein Schritt sein mochte. Er zuckte zusammen, ebenso Norwin aus Solidarität, aber so schlimm war es gar nicht, fand er, und entspannte sich.

»Dakota weiß, was sie tut«, sagte Hangameh und winkte Ambro ans Feuer.

»Haferbrei«, freute sich Ambro. Er freute sich wirklich. Hangameh und Dakota lächelten. Sie frühstückten gemeinsam, Ambro ließ Norwin immer wieder probieren – offensichtlich mochte er süße Speisen.

»Wir müssen weiter«, drängte Hangameh, kaum dass Ambro aufgegessen hatte. Dakota löschte eilfertig das Feuer und räumte sogar auf. Hangameh sah zwar die Notwendigkeit nicht, schließlich würde Silván nicht zurückkehren und sich somit nicht daran stören, dass Ambro hier gewesen war, doch sie ließ sie gewähren.

Nachdem alle Schalen gespült und in Dakotas Tasche verstaut waren, verließen sie die karge Höhle und gingen los, hintereinander wie eine Gänsefamilie, den schmalen, ins Gestein gehauenen Pfad entlang. Ambro hatte erwartet, dass sie den Weg zurückgehen würden, den er gekommen war. Hangameh führte sie aber weg vom Launigen Vincent, einen höhlenartigen Gang entlang, unter ihnen das Meer, Ambro konnte nicht erkennen, wie weit es nach oben war, zum Rand der Klippe. Er schätzte einfach, dass sie sich auf halber Höhe der Klippenwand befanden. Ihm wurde ganz flau, wenn er daran dachte, wie er im weichen Gras gelegen und nach unten gestarrt hatte. Er fühlte den schwarzen Stein noch in seiner Hand, er war glatt gewesen, hatte sogar geglänzt wie ein Schmuckstück, und er hatte ihn fallen lassen. Er dachte schmerzlich an Pan Domdar und Norwin. Hier musste er sich keine Gedanken machen – der niedrige Flur im Gestein hatte ein Geländer und da Norwin auf allen Vieren ging, konnte er das Meer nicht einmal sehen. Nur Ambros Augen huschten immer wieder nach links, zum Wasser hin, jedes Mal wenn ein Fenster den Blick freigab auf diese gewaltige Masse Gift. Ambro sah wieder die typischen Spuren von Hammer und Meißel. Kein Drache war hier am Werk gewesen. Dieser Pfad, schwarz und beklemmend, gerade so breit, dass er bequem hier entlanggehen konnte – sein Vater müsste gebückt gehen – konnte überallhin führen. Er musste Hangameh vertrauen. Er sah sich kurz nach Norwin um, der mit der Enge Mühe hatte. Keine Hand hätte zwischen Gestein und Drachenhaut gepasst. Vorsichtig, als würde er auf einem Baumstamm balancieren, setzte er eine Pfote vor die andere.

Hangameh ging voraus, ihr Kleid wehte im Wind, ebenso ihr Haar. Ambro wunderte sich, dass sie keine einzige der Perlen verlor, die ihr Haar schmückten, er konnte keinen Knoten oder dergleichen erkennen, und zählte zwölf.

Ambro folgte Hangameh. Jeder Schritt tat ihm weh, er hinkte. Er dachte über die letzten Tage nach. Es kam ihm vor, als hätte er einen großen Teil des Weges nichtdenkend verbracht und fragte sich nun, ob das überhaupt ging. Nicht zu denken. Aber es ging. Das Gehen hatte seinen ganz eigenen Rhythmus und dieser leerte den Kopf. Jeden Tag war er aufs Neue aufgebrochen und seine Gedanken waren in seinem Kopf hin- und hergesurrt wie Glühwürmchen.

»Glühwürmchen werden irgendwann müde«, murmelte er.

Hangameh fragte »Was?«, ohne sich umzudrehen.

»Nichts, nichts.«

Hangameh lächelte. Sie kannte sich mit Glühwürmchen aus. Und bald starrte Ambro wieder auf den Boden vor seinen Füßen und beachtete seinen schmerzenden Fuß kaum noch, er zählte keine Schritte, auch keine Fenster mehr, und nahm nur am Rande den Wechsel der Tageszeit wahr. Überhaupt war Zeit etwas Seltsames. Nachts fiel er in tiefen, traumlosen Schlaf, gleichzeitig wälzte er sich herum, starrte die Lichter über sich an und meinte, keinen Atemzug lang geschlafen zu haben. Und wenn er ging, so wie er jetzt Hangameh folgte, war sein Körper nur Schmerz, während er nie zufriedener war, in Bewegung zu sein. Er hatte ein bisschen Heimweh, dachte hin und wieder an die Mutter und ob sie sich Sorgen machte. Alles kam ihm langsamer vor, dabei waren die Tage im Nu verflogen. War er nun drei Tage unterwegs? Vier?

»Fünf.«

Ambro schreckte hoch.

»Fünf?«

»Ja.« Hangameh drehte sich kurz zu ihm um und wartete ab, ob er bemerken würde, was sie gerade getan hatte. Doch er hing zu sehr seinen Gedanken nach, war ganz bei sich. Später, dachte sie und setzte ihren Weg fort.

Ambro ging weitere schmerzvolle Schritte und suchte nach dem Mut, den er brauchte, um die wichtigste Frage zu stellen, die in ihm brannte. Sein Vater war in den Himmelsbergen gewesen, einmal um ein Ei auszuwählen und später, um seinen *Smok* zu holen.

»Hangameh?«

»Nenn mich Han.«

»Okay. Han. Also wie funktioniert das? Ich meine, warum müssen die Männer in die Berge?«

»Brauchst du deinen Drachen?«

Nein, dachte Ambro und schämte sich augenblicklich. Doch, natürlich. Er erinnerte sich wiederum an Norwin und wie Pan Domdar ihn einfach hatte fallen lassen. Als wäre er Dreck. Ambro hatte sich schrecklich gefühlt, er hatte Angst gehabt, seinen *Smok* zu verlieren. Ambro drehte sich noch einmal um – Norwin ging hinter ihm drein, wie ein Erddrache sah er aus, nur die Farbe passte nicht. Wenn man nicht auf den Flügel achtete, dann war er völlig in Ordnung. So wie er war. In Ambros Bauch entstand ein warmes Gefühl, wie von einer blauen Flüssigkeit, die anstieg, vom Magen nach oben, weiter hoch, weiter hoch.

»Braucht er dich?« Hangameh war stehen geblieben. Dakota drückte sich an die Felswand, als wollte sie sich unsichtbar machen. Ambro sah von einem zum anderen. Hangameh lächelte ihn an, Norwin setzte sich auf die Hinterläufe, duckte sich unter die Decke des Höhlengangs und wartete ohne Hast darauf, dass es weiterging.

»Ich habe einen Mann und einen Drachen getroffen, sie haben sich zusammengetan, weil …« Ambro hatte nicht die richtigen Worte für das, was mit Nev und NevNev geschehen war.

»Wirkten sie glücklich?«

»Nein, ganz und gar nicht. Sie hatten sich und dieses verrückte Haus. Aber glücklich waren sie nicht.«

»Und du?«

»Ich?«, fragte Ambro erstaunt. Er griff mit beiden Händen nach seinem Lederbeutel, verborgen unter seinem Hemd.

»Dein Drache plappert«, sagte Hangameh. Dakota kicherte.

»Das tut er nicht«, empörte sich Ambro.

»Ich werde dir eine Geschichte erzählen, während wir gehen.«

DIE WÜSTE DES TODES

Die Wüste ist zu groß, um darüberzufliegen. Keiner kann so lange fliegen. Die Erddrachen können sie nicht durchqueren. Sie finden kein Wasser und im Sand ersticken sie. Der Sand ist weiß und salzhaltig. Läuft man darüber, ohne Schuhe, entzieht der Sand dem Körper Feuchtigkeit. Die Haut trocknet aus, reißt, man blutet in den Sand. Er färbt sich aber nicht rot. Das Blut wird absorbiert, als würde die Wüste die Lebewesen, die sie durchschreiten wollen, auffressen, inhalieren.

Der Legende nach lebt hinter der Wüste ein anderes Drachenvolk. Es soll dort noch eine Küste, noch ein Meer sein. Man kann aber auch behaupten, da wäre ein ganzes Universum, samt Göttern und eigenen Mythen. Wer weiß das schon?

Man erzählt sich, dass ein Drachenpärchen in den Himmelsbergen lebte, vor vielen Jahrtausenden. Die Eier, die das Drachenweibchen legte, blieben leer. Sie brütete, aber es war kein Leben darin. Sie weinte, das Heulen erschütterte den ganzen Himmelsberg, selbst die Lichter hörten ihr Klagen. Es heißt, der Drache Taro hätte seine Gefährtin verlassen, weil jedes Ei, das sie legte, leer blieb. Manche behaupten sogar, er hätte es geschafft, über die Wüste des Todes hinwegzufliegen, dass er auf der anderen Seite lebt, und die Frauen zu ihm kommen, so wie die Männer von Leotrim die *Mutter aller Wasser* aufsuchen. Um ihrer Kinder willen.

Es heißt, das Drachenmädchen Kande hätte so sehr geweint, dass sich ihre Tränen mit dem Tauwasser der Himmelsberge vermischten und sich dieses Gemisch in einem Becken in einer Höhle sammelte.

Ein Mann namens Baako war auf der Jagd, er folgte schon seit einigen Sonnentagen einem Bären, zu Hause war seine Gefährtin schwanger und da sie schon zum wiederholten Male ihr Kind verloren hatte, versprach er, mit dem Fleisch einer Bärin zurückzukehren. Dieses Mal würde alles gut gehen.

Erschöpft, am Ende eines langen Tages, suchte er Zuflucht in einer Höhle, schon weit oberhalb der Wolkengrenze.

Die Bärin hatte ihn hier herauf gelockt, sie tat ihm nicht den Gefallen müde zu werden, sich erlegen zu lassen, und dass seine Jagd so mühselig werden würde, hatte er nicht erwartet. Zuversichtlich war er losgegangen, nun war er hungrig, durchgefroren, einsam. In der Höhle wollte er ausruhen und von dem Wasser trinken, das sich in einem Becken ansammelte – genährt von einem Rinnsal, das direkt aus dem Stein zu kommen schien.

Das Wasser leuchtete, so etwas hatte er noch nie gesehen. Er hörte das Drachenmädchen Kande weinen, der Bär war vergessen. Er wusste natürlich weder wer da weinte noch, dass es sich um ein Drachenmädchen handelte. Er kannte Geschichten über Drachen in den Himmelsbergen, hatte aber noch nie einen gesehen, zudem glaubte er, das seien nur Geschichten, die man sich in einer langen Nacht am Feuer erzählte, um böse Gedanken zu vertreiben.

Kande heulte eines ihrer Eier an und stupste mit der Nase dagegen, sie wollte es nicht mehr sehen, nicht mehr brüten, ganz allein sein. Es kullerte davon, wie ihre Tränen kullerte es, mit Tauwasser vermischt, verschlungene Höhlen und Wege entlang, immer bergab, getragen vom Wasser, und plumpste in das Wasserbecken, direkt vor Baakos Augen. Es war nicht zu Bruch gegangen. Er sprang ins Wasser, um es herauszuholen, nicht ganz selbstlos. Er hoffte, ihn würde endlich das Glück ereilen, weil er etwas Gutes getan hatte.

Erstaunlicherweise war das glühende Wasser sehr warm und das grüne, schuppige Ei schwer wie ein Findling. So sehr er sich mühte, er konnte es nicht vom Boden des Wasserbeckens heben. Die Schale war rau, das Ei größer als sein Kopf. Baako hielt die Luft an und tauchte unter, er mühte sich viele Stunden, das Drachenei aus dem Wasser zu bergen. Bis seine Lunge brannte, seine Hände bluteten und seine Haut ganz runzlig war. Dennoch blieb er in dem Becken liegen, mit geschlossenen Augen dachte er nach.

Er hatte gehofft, dass die Rettung dieses Eis einen besseren Menschen aus ihm machen würde, aber so wie er den Bären nicht erlegen konnte, konnte er nicht einmal ein Ei aus einem Wasserbecken heben, er war wieder gescheitert. Er würde niemandem hiervon erzählen. Keiner in seinem Dorf würde ihm glauben, auch nicht seine Gefährtin. Ein Drachenei, wie absurd.

Am Morgen stieg er todmüde aus dem Becken, ließ das Ei, wo es war, und schlief einen ganzen Tag lang. Als er erwachte, meinte er, alles geträumt zu haben. Das Wasserbecken war leer. Das Wasser glühte nicht mehr. Es war kein Weinen mehr zu hören. Er kam sich dumm vor und machte sich auf den Heimweg.

Im Sommer wurde ein Mädchen mit grünen Augen geboren.

DIE MUTTER ALLER WASSER

Ist die Geschichte wahr?«, fragte Ambro.

»Sie steht nicht in meiner Chronik, wenn du das meinst.«

»Warum nicht?«

Hangameh zögerte, weil sich der Satz sehr merkwürdig anfühlte. »Mich gab es damals noch nicht.«

»Du bist nicht das Mädchen mit den grünen Augen?«

»Was?« Hangameh blieb abrupt stehen und drehte sich zu Ambro um. Dakota hüpfte zur Seite, da Han etwas Aggressives ausstrahlte, dabei war sie nur ehrlich überrascht. Das war ihr noch nie in den Sinn gekommen. Sie wollte Ambro etwas Wichtiges erzählen, etwas, das Menschen wie Drachen ignorierten oder nicht bemerkten, etwas, das sie sah, aber bisher niemandem mitgeteilt hatte. Aber könnte es sein? Sie schüttelte den Kopf. Der Gedanke, dass es in diesem Fall eine Drachenschwester für sie gegeben haben musste, irgendwo in den Bergen, tauchte kurz auf. Sie verwarf ihn sofort wieder. Hoffnung war ihr nicht erlaubt.

»Du erkennst die Zusammenhänge nicht, Ambro.«

»Was meinst du?«

»Welche Augenfarbe hat deine Mutter?«

»Braun.«

»Und dein Vater?«

»Rot. Er hat rote Augen.«

»Und das ist Zufall? Glaubst du an Zufall?«

»Was meinst du denn?«

»Welche Farbe haben deine Augen, Ambro?«

»Blau.«

»Himmelblau, um genau zu sein.«

Ambro legte seine Linke auf Norwins Nacken und kraulte ihn ein wenig zwischen den Flügeln. Wohlig schloss der Drache seine Augen. Der Wind meldete sich zurück und drückte die kleine Gruppe gegen die Felsen. Das Meer brandete unbeirrt weiter, allerdings nicht mehr gegen die Klippen, das Wasser rollte viel friedlicher an den steinigen Strand. Hangameh betrachtete nachdenklich den Horizont. Sie glaubte nicht an Zufall. Norwins Ei war beschädigt worden. Eine der Ammen hatte ihn fallen lassen, kurz vor seinem Schlüpftag. Das Ei war nicht entzweigegangen. Die Mutter hatte sich mit den Zähnen einige ihrer eigenen Schuppen herausgebissen und die Bruchstelle bedeckt.

Die robuste, schuppige Schale hielt eine Menge aus. Vielleicht war sein Flügel schon beschädigt gewesen, bevor die Amme ihn hatte fallen lassen. Norwin öffnete die Augen und hörte Hangamehs Gedanken: Es gab keine Zufälle. Vielleicht wollte der *Launige Vincent* aus einem bestimmten Grund, dass Ambro und Norwin wussten, wo Silváns Höhle war. Schließlich brauchte Leotrim bald einen neuen Kindshüter. Das war nur eine Frage der Zeit.

»Was beschäftigt dich, wo bist du mit deinen Gedanken?«, fragte Hangameh mehr das Meer als Ambro.

»Nev«, sagte er leise.

Hangameh nickte. »Gut«, sagte sie, »ich muss darüber nachdenken.«

Sie berührte Dakota am Unterarm, eine kleine, zärtliche Geste. Das Mädchen zog sich die Kapuze ihres braunen Umhangs vom Kopf.

Ambro und Norwin sahen sie zum ersten Mal wirklich. Das rote, kurze Haar, die halbmondförmige Narbe auf der Wange, die helle Haut. Sie wirkte größer, zerbrechlicher ohne ihre Kapuze, Ambro hatte nun auch keine Zweifel mehr daran, dass sie ein Mädchen war. Im Sonnenlicht waren ihre Züge weich und ihre braunen Augen ruhig. Sie hatte alle Fahrigkeit und Unsicherheit verloren.

»Bring die beiden zum Strand«, sagte Hangameh, nickte ihr zu und ging davon.

»Warum kommst du nicht mit?«, brüllte Ambro, lauter als nötig. Sie war erst wenige Schritte entfernt.

»Du bist ein Teil von Leotrim, auch wenn du diese Verbindung noch nicht fühlst.«

»Was meinst du?«

»Kannst du hören?«

»Ja, natürlich!«

»Nein. Kannst du nicht. Du solltest Rem kennenlernen.«

Dakota führte Ambro und Norwin eine schmale Steintreppe nach unten zum Strand. Rem erwartete sie schon.

***

»War das Meer schon immer so?«, fragte Ambro. Er stand mit nackten Füßen auf schwarzen, kleinen Steinen, die ihn unangenehm pikten und hielt gebührend Abstand vom Wasser. Hangameh hatte ihn gewarnt, nun sah er selbst, was sie meinte.

Rem und Norwin blickten, wie er, aufs Wasser, auf diese gewaltige, bedrohliche Masse, die ihm nur zwei oder drei Atemzüge stehlen musste, um ihn zu töten.

Ambro starrte auf seine nackten Füße, dreckstrotzend und der Linke war bandagiert. Die Reise hierher hatte Spuren hinterlassen. Er hatte Schuhe schon immer gehasst, sie engten ihn ein, jedes Mal, wenn seine Mutter diese ledernen Dinger anschleppte, hatte er sich geweigert sie auch nur anzuprobieren, und während er über seine Mutter nachdachte, umspülte kühles, klares Wasser seine Beine. Erst schmerzend kalt, die nächste Welle war schon angenehmer, die folgende einladend und als er aufsah, bemerkte er Tiere im flachen Wasser, Fische, Quallen und Muscheln am Boden. Er konnte den Grund sehen, Steine und Sand, und das Wasser war blau und türkis zugleich. Harmlos, wie ein plätschernder See am Fuße der Himmelsberge. Er meinte, davon trinken zu können, sah, wie der Meeresboden abfiel, dunkler wurde und doch in seinen vielen Schattierungen immer blau blieb.

Ambro sah Fischer in kleinen Booten, sah, wie Männer und Frauen Netze auswarfen und Reusen einholten, geschäftiges, schaukelndes Treiben.

Ambro bemerkte einen Seestern direkt vor sich und griff nach ihm, den wollte er aus der Nähe sehen.

Er hob ihn hoch, doch das Tier war tot. Das Wasser um seine Beine verschwand, ließ seine vor Dreck strotzenden, schwieligen Füße zurück; das Meer war giftig-grün und alles nur Illusion. Es gab keine Fische, keine Quallen, keinen Seestern in seiner Hand.

Ambro betrachtete seine Finger, direkt vor seinem Gesicht, das Gefühl etwas zu halten, verschwand. Da war nichts.

Erstaunt wandte er sich an Rem.

»Das warst du! Das war deine Antwort.«

Rem nickte. Er saß aufrecht und war ein ganzes Stück größer als Ambro. Seine Antwort war keine eigene Erinnerung, sondern beruhte auf einem kollektiven Wissen, das alle Wasserdrachen besaßen, gleichgültig wie alt oder jung sie waren. Im Wasser teilten sie ihre Gedanken und bewegten sich in Schwärmen, um zu überleben. Manchmal fragte sich der junge Drache, ob die Landtiere – er zählte Drachen und Menschen gleichermaßen dazu – vergessen hatten, wie man gemeinsam schwärmt. Vielleicht lag es am

Wasser, vielleicht daran, dass sie nur noch so Wenige waren. Es spielte eigentlich auch keine Rolle. Sein Leben im Gift war ein anderes. Härter, beschwerlicher, einsamer.

Er senkte den Kopf, kam herab, um Ambro ins Gesicht sehen zu können, auf Augenhöhe, und schnaubte. Ambro roch den Atem des Drachens, er roch nach Fisch, nicht nach saurem Meer, überhaupt nicht bedrohlich, vielmehr wie eine Erinnerung. Ambro dachte an seine Mutter, wie sie gemeinsam am Neun-Drachenkopf-Fluss geangelt hatten. Sie hatte Minzblätter und ein bisschen Zitronensaft in die Pfanne geträufelt, es war ein Festmahl gewesen: Der erste Fisch, eine kleine Forelle, die er allein gefangen hatte.

Ein Drache konnte nicht lächeln. Er konnte das Maul verziehen, Zähne zeigen, schnauben, aber nicht lächeln, wie es ein kleiner Junge tun würde, der stolz an seinen ersten Fang dachte und doch spürte Ambro genau das. Sein Gefühl von damals, aber es kam von Rem, was unmöglich war, denn er war ja gar nicht dabei gewesen.

»Du benutzt keine Worte«, sagte Ambro.

Der Drache nickte.

»Aber du lächelst gerade.«

Der Drache nickte.

»Das Meer war früher anders.«

Der Drache nickte.

Ambro spürte, dass sein *Smok* direkt hinter ihm stand, er war bei ihm, aber viel näher, viel näher. Ambro streckte die Hand aus, berührte Rems Hals, er war nicht warm wie sein Norwin, er fühlte sich an wie das Meer, wie das Wasser, das er eben noch um seine Beine herum gespürt hatte, erst kalt und dann immer angenehmer.

Und er dachte: »Norwin.«

»Ja?«

Erschrocken drehte er sich um. Da war es wieder, das warme, blaue Gefühl im Bauch.

»Norwin.«

»Ja?«

Er hörte seinen *Smok*. Nicht im Kopf, auch nicht richtig im Bauch, sondern überall gleichzeitig. Sein Magen war in Aufruhr. Es schien ihm, als wären sein Oberkörper, Arme, Brust und Bauch ein riesiges Ohr und zugleich ein Sprachorgan.

Sie starrten sich an. Der Wind zerrte an ihnen, Ambros Umhang und auch seine Haare tanzten wild, fast wie seine Gedanken.

»Ambro.«

»Ja?«

Ambro wurde schlagartig klar, dass er Norwin bei der Zeremonie gehört hatte, in sich drin. Er hätte auf diese Art antworten müssen. Sein Vater war so enttäuscht gewesen, weil er das nicht begriffen hatte.

Rems Aufgabe war getan. Er stapfte auf allen Vieren ins Wasser und verschwand.

»Halt«, rief Ambro, »ich wollte dich doch zeichnen.«

***

Ambro saß noch lange am Strand, Norwin dicht bei ihm. Dakota hielt, wie schon den ganzen Tag, Abstand. Als könnte sie irgendjemanden mit ihrer bloßen Anwesenheit belästigen. Ambro hatte seinen Mantel abgelegt und sich daraufgesetzt. Nachdenklich betrachtete er die Gegenstände, die er in seiner Manteltasche mit hierher gebracht und nun im Halbkreis vor sich ausgebreitet hatte. Sein wertvolles Pergamentpapier hatte er mit einem Stein beschwert, damit es nicht davonflog. Sein Leinenhemd hatte er ausgezogen, ihm war zu warm. Dakota betrachtete ihn voller Neugier. Sie kannte Grafit-Stifte, ebenso Kohle, auch wenn Hangameh ihre Kohlenstifte nie benutzte, sie schrieb mit Feder und Tinte.

Ambro schrieb seine handgeschöpften Zettelchen voll, eins ums andere, all die Gedanken, die er hier geschenkt bekam, wollte er mit nach Hause nehmen. Dakota schlich heran, leise wie eine Eule. Ambro schrieb mit einem Bleistift, ein Ding, das er mit seinem Vater erfunden hatte. Ambro hatte auf Olafurs Anweisung hin Zedernholz bearbeitet. Sie füllten zwei Holzstückchen, versehen mit einer Nut, mit einer gebrannten Grafit-Ton-Mischung, damit ließ sich hervorragend schreiben. Leider konnte Ambro noch nicht die schöne Schreibschrift seines Vaters, Druckbuchstaben mussten reichen.

Dakota linste ihm über die Schulter.

»Wieso schreibst du nicht mit Feder und Tinte, wie alle anderen auch?«, platzte sie heraus.

»Ich habe zu viele Tintengläser zerbrochen«, antwortete Ambro und grinste das Mädchen schelmisch an.

Sie reichte ihm eines der Pergamentblätter.

»Du kannst gut zeichnen, heißt es.«

»Du hast davon gehört?«

Dakota nickte und setzte sich im Schneidersitz ihm gegenüber.

»Rem ist weg.«

»Ich sage dir, wie er aussieht.«

Dakota beschrieb Rem aus dem Gedächtnis und ließ kein Detail aus. Selbst die Kiemen an seinem Bauch, die Ambro fälschlicherweise für armlange Narben gehalten hatte.

Sein Bleistift huschte geschwind über das Pergament, nur die Flossen-Flügel bereiteten ihm Kummer, Dakota korrigierte ihn mehrere Male.

»Glaubst du die Geschichte?«, fragte Ambro, während er sich mit der zweiten Flosse abmühte. Die Schuppen jedenfalls fand er gut gelungen.

»Nein, so ist es nicht gewesen«, sagte das Mädchen schlicht und berührte Ambros Zeichenhand mit Zeige- und Mittelfinger. Staunend bemerkte Ambro, dass Dakota in seiner Hand und in seinem Kopf steckte und an dem Bild mitwirkte. Auf dem Papier war Rem so, wie sie ihn sah.

»Du hast ihn weggeschickt. Du wolltest gar nicht, dass ich ihn zeichne wie ich ihn sehe.«

»Kann ich's behalten?« Das Bild war fertig und Dakota glühte wieder. Vor lauter Aufregung. In ihrer Erscheinung machte sie dem Launigen Vincent Konkurrenz.

»Du glühst«, stellte Norwin fest, der die Szene bisher schweigend beobachtet hatte.

»Nein, ich …«, stotterte das Mädchen, entriss Ambro die Zeichnung, und lief davon.

»Sie weiß das gar nicht«, sagte Ambro erstaunt.

»Müssen wir ihr nach?«

Ambro schüttelte den Kopf. Er nahm sich ein neues Blatt Pergamentpapier und begann von Neuem. Ohne Dakotas Hilfe fand er es viel schwieriger, den Wasserdrachen einzufangen. Die zweite Zeichnung war lange nicht so gelungen. Der Himmel verdunkelte sich.

***

Ambro sammelte seine Habseligkeiten ein, verstaute alles in der Manteltasche und machte sich an den Aufstieg, die Treppe hinauf, die Dakota genommen hatte. Norwin wartete schon, ein Stück weiter oben, auf einem Plateau. Hier musste schon manch ein Reisender Rast gemacht haben, die Treppe war steil, der Weg weit und die Aussicht atemberaubend. Ambro war noch immer eingeschüchtert, nicht einmal deshalb, weil er noch nicht schwimmen konnte, sondern allein angesichts dieser riesigen Masse. Als könnte das Wasser, einem Monster gleich, Leotrim verschlingen, mit nur einem Happs.

Es fing an zu regnen.

»Schlüpf bei mir unter«, sagte Norwin und breitete seinen Flügel, den rechten, den guten Flügel, aus. Das Geräusch, das seine Haut machte beim Ausbreiten seiner ganzen Flugmembran, hörte sich wie Papier an, wie eine Seite, die umgeblättert wird. Die einzelne Kralle, die wie ein Daumen am Ende seines Flügels abstand, beschrieb einen halben Bogen in der Erde. Er riss den weichen, gelben, lehmartigen Boden auf, einem Pflug gleich, es sah aus, als würde Norwin einen Schutzkreis in den Boden zeichnen, wie es Hexen und Magier tun. Ambro hatte noch nie einen Hexer kennengelernt und verwarf den Gedanken sofort wieder. Erstaunt betrachtete er Norwins Gebaren. Er hatte sich auf seine Hinterläufe gesetzt und sich aufgerichtet. Trotzig, mit geschlossenen Augen, reckte er den Kopf gen Himmel, als wollte er sagen: Regen, du kannst mir gar nichts!

Ambro kniete sich hin, ohne wirklich darüber nachzudenken, als hätte er das schon hundertmal gemacht. Nachdenklich sah er nach oben, es war genug Platz, um bequem stehen zu können. Langsam, wie um es zu testen, stand er auf, doch war zwischen seinem Kopf und Norwins Federkleid immer noch Platz. Er streckte die Hand aus und berührte Norwins guten Flügel, innen. Die Federn waren weich und kräftig zugleich. Norwin schützte ihn vor Regen und Wind, gemeinsam warteten sie das Unwetter ab, jeder seinen Gedanken nachhängend.

Ambro fragte sich, wann genau Norwin so an Größe und Gewicht zugelegt hatte. Wenn er so dasaß, war er ein ganzes Stück größer, sein *Smok* überragte ihn mindestens um eine Kopflänge.

Und was noch viel wichtiger war: Seit wann hatte er dieses Selbstvertrauen? Seit wann kümmerte sich Norwin um Ambro?

Die Zeit, in der Ambro seinen Bruder tragen musste, war vorbei.

IM DORF LEED

Hangameh stand am Eingang ihrer Höhle und wartete auf Ambro. Dakota war im weitläufigen Archiv verschwunden, sie hatte tausend Verstecke und Hangameh keine Lust nach ihr zu suchen. Sollte sie die Zeichnung von Rem doch behalten, sie würde sie dafür nicht tadeln. Viel mehr interessierte es sie, was nun weiter geschehen würde. Der Strand war leer, ihre beiden Gäste verschwunden. Beim letzten Unwetter dieser Art hatte sie Dakota gefunden und zu sich genommen. Heute war ihr innerer Kompass verwirrt und kreiselte, mal in die eine Richtung, dann in die andere. Hangameh war kalt, sie fühlte sich leer und einsam, die Vorstellung, Ambro könnte einfach nach Hause gehen, ängstigte sie. Gleichzeitig wusste sie nicht, was sie ihm sagen sollte, damit er bliebe. Sie hatte ihn eingeladen und geglaubt, sie könnte ihn wie eine Schachfigur hin- und herschieben, wie sie das für richtig hielt. Doch der *Launige Vincent* hatte sich eingemischt. Silván war gegangen und dieses halbe Kind warf ihre Geschichte durcheinander. Ob sie das Mädchen sei? Baakos Tochter? Sie verwarf den Gedanken. Es war eine Geschichte, ein Märchen. Die *Mutter aller Wasser* hatte noch nie eine Andeutung gemacht, noch nie die Frage beantwortet, warum die Männer zu ihr in die Berge kamen. Dort in den Bergen schlüpften Drachen, die keinen *Broder*, keine *Siostra* hatten. Nerina beispielsweise oder auch die Ammen. Und es gab Kinder ohne *Smok*. Dakota und sie selbst. Es gab sie. Vielleicht gab es noch jemanden, der so war wie sie. Warum sollten sie die Einzigen sein? Leotrim war groß, in manchen Teilen war sie nie gewesen. Der Wind peitschte ihr, wie zur Antwort, harte Regentropfen ins Gesicht. Hangameh warf sich einen Mantel über und rannte die Treppe zum Strand hinunter.

***

»Ich habe so viele Fragen«, sagte Ambro und schnaufte Hangameh hinterher. Er und Norwin hatten sich heillos verlaufen und Hangameh holte sie nun schon zum zweiten Mal ab.

»Zum Beispiel?« Hangameh schnaufte nicht. Leichtfüßig stieg sie die Treppen hinauf, sie war es gewöhnt. Jedes Mal, wenn sie sich umsah und merkte, dass ihre beiden Gäste kaum mithalten konnten, verlangsamte sie ihren Schritt. Aber nur kurz, sie wollte in ihre Höhle zurück.

»Der *Launige Vincent* – wer oder was ist er? Und dann meine Ahnen. Meine Lehrerin Pan Harbor sagt, es muss Flieger gegeben haben in meiner Familie. Früher«, keuchte er.

»Hast du deine Eltern gefragt, nach deinen Ahnen?«

»Nein, noch nicht.«

»Du kannst einen Blick in eure Chronik werfen, wenn du magst.«

»Wirklich?« Ambro war baff. Das hatte er sich nicht vorgestellt, geschweige denn erhofft.

Hangameh blieb stehen. »Viele machen das. Sie kommen zu mir, wenn sie etwas über ihre Ahnen erfahren wollen. Ich lasse sie natürlich nicht ins Archiv. Ich brauche nur einen Namen, dann finde ich jeden wieder und hole das Buch herauf.«

Ambro musste darüber nachdenken.

»Und der *Launige Vincent*, er begrüßt die Lichter und die Reisenden«, fuhr sie fort, »mit den Lichtern redet er immer. In verschiedenen Tönen. Keiner weiß, was sie miteinander tuscheln. Vielleicht sind sie nur einen Augenblick froh, nicht allein zu sein. Bis das Licht weiterwandert. Sterne sind auch nur Leuchttürme.«

Was für ein merkwürdiger Gedanke, fand Ambro und schwieg. Die Treppe wurde immer steiler, die Stufen, so schien es ihm, immer höher. Es kam ihm vor, als würde er die Klippenwand auf allen Vieren hinaufklettern. Immer wieder brauchte er seine Hände, und immer wieder war es Norwin, der beherzt nach ihm griff und weiter nach oben schob. Norwin hatte zwar auch Mühe, die steile Wand hinaufzukommen, hatte allerdings den Vorteil, Vorder- und Hinterläufe einsetzen zu können, und genau das gewohnt zu sein.

Ambro wunderte sich immer noch – der Regen schien Lehm aus dem Gestein zu waschen. Ambros Hände waren inzwischen runzlig, als hätte er zu lange im Waschzuber gesessen. Der Regen prasselte ohne Unterlass auf sie hernieder. Ambro machte sich Sorgen um seine wertvollen Schätze in seiner Manteltasche.

Endlich erreichten sie den Eingang der Höhle, Ambro atmete erleichtert durch und sank auf die Knie. Seine Beine zitterten vor Erschöpfung.

Hangameh huschte hinein, legte zwei Scheite in die Glut ihrer Feuerschale, setzte Tee auf und brachte ihren Gästen zwei Wolldecken.

Ambro zog seinen Mantel aus und tropfnass wie er war, holte er erst alle Utensilien aus seiner Manteltasche. Mutters wachsgetränkte Krempe hatte Schlimmes verhindert. Ambro breitete alle Pergamentseiten auf dem Boden aus, auch seine Stifte. Erst dann streifte er sein Leinenhemd ab und besah sich seine Brusttasche, die er um den Hals trug. Das Leder hatte das Papier trocken gehalten. Auch die viereckigen, handgroßen Papierstücke breitete er auf dem Boden um die Feuerschale aus. Irgendwann würde er sie, wenn alle vollgeschrieben waren, zu einem Buch zusammenbinden. Doch jetzt waren seine Aufschriebe nur eine lose Papiersammlung und er fürchtete sich sehr, auch nur ein Stück zu verlieren.

Norwin lehnte die Wolldecke ab und legte sich im Feuerschein auf den Boden. Es störte ihn nicht, dass Ambro um ihn herumwuselte und seine Schätze nach einem Muster auf dem Boden ablegte, das nur er kannte. Konzentriert und mit gerunzelter Stirn legte er ein Teil hierhin, schob ein anderes Papier dorthin, und erst als er zufrieden war, hüllte er sich in die Decke und nahm eine Tasse Tee an.

Sorgenvoll sah er sich um. Hangamehs Höhle interessierte ihn gar nicht, auch nicht Dakota. Er behielt seine Notizen im Blick, als wären sie ungezogene Kinder, die jeden Augenblick weglaufen könnten.

»Warum bin ich wirklich hier?«, fragte er nach dem dritten Schluck Tee. Norwins Ohren zuckten.

»Ich wollte, dass du Rem kennenlernst.«

Ambro nickte. »Und dann?«

Hangameh dachte nach. Auch sie betrachtete die Papierstücke und wie Ambro machte sie sich Sorgen. Sie hatte sich nicht gesetzt, sondern staunend Ambros Gebaren beobachtet, hatte die Zeichnungen angesehen und versucht, seine Aufschriebe zu entziffern. Nun ging sie, holte vom Fenster eine Handvoll Steine, hübsche, schwarz glänzende Steine und beschwerte jedes Papier mit einem davon.

»Du und Norwin werdet keine Hüter der Luft werden«, fing Hangameh an, »wenn du nach Hause kommst, werden sie von dir verlangen deinen blauen Mantel abzulegen. Du darfst ihre Farben nicht tragen.« Sie hatte leise gesprochen, aber Ambro hatte sie gehört und verstanden, dass dies eine Feststellung war, keine Frage.

»Du weißt solche Dinge«.

Hangameh zuckte mit den Schultern, als wäre es ihr gleichgültig.

»Manchmal«, murmelte sie abwesend.

Sie fasste einen Entschluss, ein Ruck ging durch sie hindurch. Sie huschte zu Ambro und setzte sich neben ihn ans Feuer. Sie fror nicht, im Gegenteil.

»Du willst doch immer alles genau wissen?«

»Ja.«

»Und du kannst gut zeichnen?«

»Ja.«

»Und du passt eigentlich nirgends wirklich hin.«

Ambro schwieg. Er betrachtete Hangamehs Schreibpult. Eins ihrer riesigen Bücher lag aufgeschlagen darauf. Die Feder, dieses seltsame Ding, kratzte übers Papier. Obwohl Hangameh hier saß bei ihm und das Buch nicht eines Blickes würdigte.

»Wie machst du das mit der Feder?«, fragte Ambro.

»Ein paar Geheimnisse musst du mir schon lassen«, antwortete sie lächelnd.

»Du weißt, wo ich hinpasse? Norwin und ich.«

»Du … Ihr könnt für mich arbeiten.«

»Wie das? Und warum?«

Hangameh zwirbelte an Ambros brauner Decke herum, bevor sie antwortete.

»Es gibt Orte, da kann ich nicht hin. Es gibt Fragen, die ich nicht stellen darf. Es gibt Orte, die ich nicht kenne.«

»Du bist die Chronistin!«, rief Ambro. Norwin öffnete schläfrig ein Auge.

»Ja, Dakota und ich sind ein bisschen wie du und Norwin.«

»Ihr könnt nicht fliegen?«

»Wir passen nicht besonders gut hierher.«

»Oh.«

Ambro betrachtete seinen *Smok* über die Flammen der Feuerschale hinweg und dachte darüber nach, wie sie hierhergekommen waren. Wirklich Heimweh hatte er nicht mehr.

»Was meinst du dazu?«

Norwin hob den Kopf. *»Nev.«*

Der Name tauchte in Ambros Kopf auf, direkt hinter seiner Stirn, als hätte ihn jemand mit Feuer in die Dunkelheit geschrieben.

»Können wir Nev helfen?«, fragte er Hangameh.

»Wenn ich es tue, dann …«

»Dann helfen wir dir. Eins für das andere.«

»Gut«, sagte sie, »gut. Ich muss ins Archiv. Ruht euch aus.« Sie stand auf und ging einige vorsichtige Schritte.

»Han, noch eine Sache.«

»Ja?«

»Wenn ich da hingehe, wo du nicht hinkannst, und Antworten finde …«

Hangameh lächelte. »Wir machen das offiziell.«

Ambro verstand kein Wort. Norwin auch nicht.

»Du wirst der Kartograf von Leotrim. Du zeichnest Karten und schreibst die Dinge auf, die in meiner Chronik keinen Platz haben«, sagte sie und wies mit beiden Händen auf das ganze Papier um sie herum.

Ambro dachte schnell. Er war noch nicht großjährig, seine Eltern fanden ihn jetzt schon für alles zu jung. Sofort würde er nicht anfangen können. Dennoch, er wollte wissen, wie sie sich das dachte.

»Wie schicke ich dir meine Ergebnisse? Ich kann doch nicht alles mit mir herumschleppen, bis ich wiederkomme. Stell dir vor, es regnet!«

»Hast du schon einmal eine Glasflasche gesehen?«

Ambro schüttelte den Kopf.

»Das wird dir gefallen. Alle Flüsse führen zum Meer. Die Wasserdrachen bringen mir alles, was im Wasser landet und da nicht hingehört.«

»Und in den Bergen? Im Wald? Wo immer es mich hinverschlägt?«

»Überall werden dir Drachen begegnen. Sei höflich und respektvoll und sie werden alles für dich tun. Mein Losungswort wird natürlich auch helfen«, sagte sie grinsend.

»Losungswort?«

»Alles für die Lichter«, flüsterte sie und huschte ins Archiv.

***

Hangameh war lange im Archiv. Ambro schlief über dem Warten ein, Norwin kuschelte sich an ihn und sie bemerkten Dakota nicht, die eigentlich an ihnen vorbei, in ihre Kammer, schleichen wollte. Sie betrachtete Ambros Aufzeichnungen, las seine Reiseeindrücke und besah sich seine Zeichnungen – ihre Fingerkuppen schwebten wie ein Insekt über dem Papier, als würde sie mehr begreifen, wenn sie die Worte fast berührte. Ihre Haare leuchteten heller als das Feuer.

»Du hast nie ein Wort gesagt«, flüsterte das Mädchen. Hangameh hatte einen ganzen Stapel Bücher in die Wohnstube geschleppt, eins auf dem anderen neben ihrem Schreibpult aufgestapelt, und stand nun, mit dem letzten Buch, das etwas über Nev beinhalten konnte, außerhalb des Feuerscheins. Dakota nahm eins der handgeschöpften Vierecke, eines, auf dem ihr Name stand. Das Steinchen, das als Papierbeschwerer darauf gelegen hatte, rutschte leise herab, klackerte auf den Boden, als wäre es ein Spiel.

»Was hätte ich denn sagen sollen?«

Das Mädchen stand auf, seine Schultern hingen herab, es starrte auf den Boden vor sich.

»Leg es zurück, es gehört dir nicht.«

Dakota tat, wie ihr geheißen, eilfertig wie immer. Auch das Steinchen legte sie an seinen Platz zurück.

»Ambro ist nicht böse, du kannst Rems Bild behalten. Niemand nimmt dir etwas weg.«

Dakota nickte. Ambro lag, in die Wolldecke gewickelt, auf dem Boden zu ihren Füßen, sein Gesicht war arglos und leer. Norwins zuckende Ohren verrieten, dass er wach war.

»Ich möchte nicht mit nach Leed.« Barfuß und so leise, wie sie gekommen war, verschwand sie in ihrer Kammer.

***

»Ambro, wach auf.«

Verschlafen rieb er sich die Augen und gähnte herzhaft.

»So viele Bücher«, sagte er, als er den Stapel, den Hangameh aufgeschichtet hatte, bemerkte.

»Ja. Du bist auch nur ein kleines Leben, gewoben in den Teppich aus Zeit.«

In seine Decke gewickelt setzte er sich in den Schneidersitz, Hangameh reichte ihm das erste Buch und so begann er, nach Nev zu suchen.

»In diesem da«, sagte Hangameh und zeigte auf den Stapel, »ist die Geschichte der Gulurs.«

Ambro nahm es zur Kenntnis, fand aber, dass dafür später noch Zeit war.

»Wonach genau suche ich?«, fragte Ambro, der mit Hangamehs schnörkeliger Schrift Schwierigkeiten hatte. Das Buch lag schwer auf seinen Beinen, die Seiten waren viel dicker als das Papier, das er kannte, und er befürchtete bei jedem Umblättern, eine der störrischen, dicken Seiten könnte herausbrechen.

»Was weißt du denn über ihn?«

»Nev hat seinen *Broder* verloren.«

»Falls er die Wahrheit sagt.«

»Warum sollte er lügen?«

»Die interessantere Frage ist: Warum sollte er nicht lügen? Er kennt dich doch gar nicht. Zudem: Menschen belügen zuallererst sich selbst.«

Norwin lag, wie eine Decke, um Ambro herumgeschlungen.

»Du schläfst gar nicht, du lügst auch«, witzelte Ambro und streichelte seinen *Smok* zwischen den Flügeln, genau am Ansatz. Das mochte er am liebsten.

»Ich weiß sicher, dass NevNev keine Zähne mehr hat. Und sie leben in einem Haus, das so ist wie der *Launige Vincent*.«

»Also«, fasste Hangameh zusammen und schlug ein anderes Buch auf, »der Mann, der sich Nev nennt, hat keinen *Smok* mehr, weil dieser bei einem Unfall gestorben ist, ein verschütteter Erddrache, richtig?«

»Ja. Aber Nev sagt, es sei kein Unfall gewesen.«

»Und der Drache, NevNev, ist seinem *Broder* davongelaufen?«

Ambro nickte eifrig. »Sein *Broder* hat ihm wehgetan«, flüsterte er.

Hangameh legte das Buch weg, sortierte ihren Stapel neu, bis sie beim zweituntersten Buch angelangt war und öffnete es zielsicher, als hätte sie ein Lesezeichen zwischen den Seiten gefunden.

»Sind das deine beiden Nevs?«

Ambro legte die Chronik, die er in Händen hielt, und seine Wolldecke beiseite und kam zu Hangameh herüber. Konzentriert las er die Familiengeschichte, mit dem Finger auf dem Papier; Geburten, Zeremonien, Verbindungen, Todesfälle.

»Ja, das passt.«

Ambro kratzte sich ausgiebig am Ellenbogen. »Und jetzt?«, fragte er. »Wir müssen sie finden.«

»Solange ich an deiner Seite bin, wirst du sie nicht finden, Yari läuft vor mir weg.«

»Yari?«

»Das Haus.«

»Oh.«

»Was genau willst du für die beiden eigentlich tun? Ihr Schicksal ändert sich doch nicht. Egal, was du tust.«

Ambro setzte sich grübelnd neben Hangameh auf den Boden. Die Ellenbogen auf den Knien, ließ er den Kopf hängen.

»Was kann ich denn tun?«

»Die Vergangenheit kann niemand ändern, nicht einmal ich.«

»Macht es dich nicht wütend?« Ambro schnaubte schwer und klang dabei fast wie ein Drache.

»Selbst wenn du die beiden findest, glaubst du, sie würden vor den Rat treten und ihre Geschichte erzählen?«

»Welcher Rat?« Ambro war wieder ganz Ohr.

»Oh, ich vergesse immer, wie jung du bist.«

»Han, welcher Rat?«

»Jedes Dorf hat einen. Den Rat der Fünf. Wenn man ein Problem hat, trägt man es diesen Fünf vor, und die entscheiden dann, was passiert.«

Ambro erinnerte sich und wurde augenblicklich wütend. Seine Eltern waren vor den Rat getreten wegen Norwin und

Pan Domdar. Er durfte nichts dazu sagen und musste die Entscheidung des Rates hinnehmen. Ambro betrachtete nachdenklich seinen *Smok*, sie beide hatten zueinander gefunden, konnten sprechen, aufeinander achtgeben. Doch NevNev... er brauchte jemanden, der sich für ihn einsetzte. Ambro wollte derjenige sein.

»Entscheiden die auch über Bestrafungen? Wenn zum Beispiel ein Mann seinen Drachen schlägt und seine Zähne nimmt?«

»Ja. Allerdings schreibe ich nur auf, was beschlossen wurde – wenn man mir Bescheid gibt. Ich spreche dort nicht. Das ist eins dieser Dinge, die ich nicht tun darf. «

Ambro nickte. Dann sprang er auf, zog sich sein Leinenhemd über, und sammelte alle seine Papiere ein. Die kleinen Stücke kamen zurück in den Lederbeutel, und alles, was da nicht hineinpasste, kam in die Manteltasche. Der Mantel war noch klamm, das störte ihn aber nicht.

»Kommst du mit?«

»Ja. Ja, natürlich komme ich mit.«

Nachdem Ambro fertig damit war, um das Feuer herumzuhüpfen wie ein Kobold, und alles verstaut hatte, was ihm wichtig war, drückte sie ihn auf einen Stuhl und verband seinen Fuß neu. Ambro schloss die Augen und erwartete, dass es wieder so schmerzhaft sein würde wie beim letzten Mal, doch die Wunde hatte sich geschlossen. Hangameh legte einen neuen Verband an, lange nicht so souverän wie es Dakota getan hatte, aber für den Zweck reichte es, und Ambro hatte Zeit, ein wunderliches Kribbeln auf der Haut zu spüren, eines, das wenig mit seiner Verletzung zu tun hatte.

Hangameh war nicht so kopflos wie Ambro. Sie nahm zwei Wasserschläuche mit, etwas getrockneten Fisch und Reisbrot. Sie würde nicht hungrig durch Leotrim irren.

Das Dorf Leed war kaum einen halben Sonnentag entfernt von Hangamehs Höhle. Sie waren schweigend gegangen und hintereinander, im Abstand von mehreren Schritten. Als Ambros Reise begonnen hatte, hatte er sich noch gewundert, warum Norwin immer diesen Abstand einhielt, aber es war wohl nur natürlich so zu gehen. Er hing seinen Gedanken nach, die Nacht war angebrochen, als sie ankamen.

Hangameh wurde herzlich begrüßt, wer immer ihnen begegnete. Ambro starrten sie an, Norwin sowieso. Wenn er ging, standen seine Flügel immer leicht vom Körper ab, es war ihm unbequem, sie direkt am Körper zu halten, oder schlichtweg zu warm. Die Menschen konnten sehen, was mit ihm nicht stimmte.

Ein Junge, dreckstrotzend und mit wilden Haaren, kam auf Hangameh zugelaufen. Er zeigte eine frische Zahnlücke.

»Ich werde erst in zwei Monden sieben, du bist zu früh.«

Sie lächelte. »Ich möchte zum Rat der Fünf.«

»Gut, ich sage Bescheid.« Breitbeinig wie ein Seemann rannte er davon.

»Sein Vater ist wohl ein Fischer«, bemerkte Ambro.

»Ja, einer der wenigen.« Hangameh wirkte sehr ernst, auch deshalb, weil sie sich so um ein Lächeln bemühte.

»Weißt du, was du sagen willst?« fragte sie.

»Ja, lass mich nur machen.«

Sie gingen, inzwischen nebeneinander, auf das Rondell des Dorfes Leed zu. In der Mitte brannte ein Feuer und der zahnlückige Junge hatte ganze Arbeit geleistet. Die Bewohner des Dorfes ließen ihre Karren stehen, vergaßen, dass sie auf dem Heimweg waren, und kamen ebenfalls zum Rondell.

»Ich muss dich machen lassen, ich kann mich da nicht einmischen«, sagte Hangameh und stieg die drei Stufen hinab.

»Oh, dieses Mal wirst du dich einmischen.«

Ambro setzte sich auf eine der Bänke, schob seine seltsam kalten Hände zwischen seine Knie und spannte jeden Muskel im Körper an. Norwin setzte sich neben ihn auf den Boden, aufrecht und so stolz es ihm möglich war.

»Wie meinst du das?«, flüsterte Hangameh besorgt.

»Setz dich, warte.«

Immer mehr Menschen strömten in das Rondell. Es war nicht so groß wie das in Burry, aber es barg genug Platz für an die hundert Leute. Norwin spürte, wie er angestarrt wurde. Spürte die Anwesenheit anderer Drachen, die sich fragten, was mit ihm los war.

Ambro begriff, ganz ohne Worte, so wie Rem es ausdrücken würde, dass Nev und sein Drache, dass diese beiden, die nur noch einander hatten, hier nicht bestehen würden. Sie hätten keine Worte, um zu erklären, was ihnen geschehen war. NevNev war nicht leer. Er hatte sich an einen Ort zurückgezogen, in sich drinnen, an dem er keine Zähne mehr brauchte. Und Nev sorgte eben für das Äußere. Mehr brauchten sie nicht. Dennoch war es Unrecht. Ambro kannte den Namen des Mannes, der all das getan hatte, der seinem Drachen die Zähne gezogen hatte, damit er sich nicht mehr wehrte. Der ihn geschlagen hatte, damit er am Boden blieb. Der seinen Sohn geprügelt und dessen Drachen verschüttet hatte. Er würde diesen Namen nicht sagen und er würde nichts davon heute Abend erzählen. In der Chronik mochte stehen, dass es ein Unfall gewesen war, Ambro wusste es besser. Er hatte Nevs brüchige Stimme gehört, den Schmerz in seinem Gesicht gesehen, die Ungerechtigkeit gefühlt. Es war so, als ob jemand einen Drachen, der nicht fliegen kann, fallen lässt. Hangameh hatte das Buch, in dem Geburt und Tod, nicht aber das Leid dazwischen dokumentiert war, hierher geschleppt. Für gewöhnlich half ihr Dakota, heute nicht. Hangameh war erschöpft.

Die Leute, die um sie herum eben noch geschnattert und getuschelt hatten, verstummten. Der Rat der Fünf betrat das Rondell. Zwei Männer, alt und jung, zwei Frauen, alt und jung, und ein Drache. In diesem Fall ein Flugdrache.

»Wir sind der Rat der Fünf«, sagte eine der Frauen.

»Gewählt von den Menschen in Leed, was ist dein Anliegen?«, fragte die andere. Alle fünf setzten sich auf eine Bank direkt vor der Feuerschale. Die Zuschauer rundum verschwanden im Dunkel der Nacht. Ambro sah nur Schemen im Schein des Feuers, geisterhaft rot glühende Gesichter. Er hörte mehr als dass er sah. Ambro stand auf, räusperte sich, atmete tief durch.

»Mein Name ist Yanev, ich nenne mich nur noch Nev. Mein Vater hat seinem Drachen Leid zugefügt. Ich möchte, dass er aus der Gemeinschaft ausgeschlossen wird.«

»Du bist nicht aus unserem Dorf«, stellte der alte Mann fest.

»Was sollen wir also für dich tun?«, fragte der junge Mann. Er stand auf, um Ambro besser sehen zu können. Er faltete die Hände vor dem Bauch.

»Warum hast du die Chronistin mitgebracht?« Die alte Frau starrte Hangameh neugierig an.

»Du hast uns rufen lassen«, stellte das junge Mädchen fest. Sie war kaum zwölf Zyklen alt.

»Was hat man dir getan?« Der Flugdrache hatte eine sanfte Stimme, ungewöhnlich weich für einen Drachen im Herbst seines Lebens. Alle hatten ihn gehört. Bis auf das Knistern des Feuers war es still.

Norwin starrte Ambro hilflos an. Er traute sich nicht zu sprechen, wusste weder was er sagen sollte noch was Ambro von ihm wollte.

»Zeig deinen Flügel, NevNev, bitte.«

Norwins Augen weiteten sich, langsam. Es kam ihm vor, als würde auch etwas in seinem Kopf weiter werden: Etwas, das er lange gesehen hatte und erst jetzt begriff.

Vor all diesen Leuten, Drachen, Hangameh, dem Rat und Ambro breitete er seinen Flügel aus. Als Ambro ihn das letzte Mal so gesehen hatte, lag er auf der Erde, in der Angst völlig zerschlagen zu sein. Ein Raunen ging durch die Menge. Eine Mischung aus Mitgefühl, Angst, Entsetzen und Wut.

»Du kannst nicht mehr fliegen?« Der Rats-Drache klang ehrlich besorgt.

»Es geht uns gut, wir kommen zurecht«, sagte Ambro alias Nev, »ich will verhindern, dass mein Vater noch mehr Leid über andere bringt. Ich habe Geschwister. Eine Mutter. Mein *Smok* ist schon gestorben – durch die Hand meines Vaters. Dieses Band ist schon zerschlagen. Nun möchten wir uns auch von ihm lösen.«

»Dieser Drache ist nicht deiner?«, fragte der alte Mann entsetzt. Seine Stimme zitterte.

»Nein«, sagte Ambro, »wir haben uns zusammengetan, weil wir niemanden mehr haben. Wir sorgen füreinander.«

Wieder hörte Ambro ein gesichtsloses Tuscheln. Er spürte die Angst der Menschen um ihn herum.

»Wir müssen uns beraten. Das sind schwere Anschuldigungen«, sagte eine der Frauen.

Ambro nickte Norwin zu, der seinen Flügel wieder hübsch an seinen Platz legte.

Ambro presste seine Handflächen gegeneinander und öffnete sie dann, wie man ein Buch öffnet. Hangameh verstand, legte ihr Buch auf den Boden und schlug die Seite auf, die den Namen enthielt, um den es hier ging. Sie zitterte und hatte keine Ahnung, was Ambro vorhatte.

Nein, das stimmte nicht ganz.

Sie wusste es doch, fürchtete sich, und hoffte, dass sie genug Vertrauen in Ambro besaß. Es gab keine Zufälle.

Ambro zog sein Jagdmesser mit dem Rosenholzgriff aus der Scheide.

»Ich möchte, mit eurer Zustimmung, den Namen meines Vaters aus der Chronik entfernen.«

»Was versprichst du dir davon?«, fragte einer der Männer, »warum bist du hier bei uns und nicht in deinem Dorf? Vor deinem Rat?«

»Wir sind weggelaufen«, sagte Ambro, der mit der Frage gerechnet hatte. »Mein Vater ist im Rat von Arlie. Niemand glaubt uns.«

Hangameh nickte ernst. Auch das stand in ihrer Chronik. Nev hatte keine andere Wahl gehabt, als seinen Geburtsnamen abzulegen und sich in einem Haus zu verstecken, das laufen konnte. Es lief sogar, wenn er schlief.

»Er wird zum Aschemann. Ich nehme ihm seinen Namen, er wird nicht mehr der Gefährte meiner Mutter sein, nicht mehr mein Vater. Er darf erst wieder nach Arlie zurückkehren, wenn er es sich verdient hat.«

Ambro sah Hangameh an, ihre Augen glitzerten feucht, im Schein des Feuers sah sie noch schöner aus als sonst. Mit seinem Messer schnitt Ambro beherzt den Namen aus der Seite heraus – Nevs Name blieb. Die Rückseite interessierte ihn nicht. Ein kleiner Teil eines anderen Lebens war betroffen, die Worte unterrichtet Bootsbau fehlten im Leben eines Mannes namens Olin. Ambro nahm das als Opfer für die Sache hin.

»Was soll das hier bewirken?« Das junge Mädchen kam um die Feuerschale herumgelaufen, um Ambro direkt anzusehen.

»Welchen Sinn hat eine Verbindung, welchen Sinn hat die Chronik, wenn man sich davon nicht lösen kann? Habt ihr je Silván gesehen?«

»Ja, natürlich. Was hat er damit zu tun?«

»Manch ein Name war geschwärzt.«

Die Augen des Mädchens weiteten sich. Ambro konnte trotz des diffusen Lichts ihr Staunen sehen. Ihr Verstehen. Ambro hatte Silván nur ein einziges Mal gesehen und keine Antworten bekommen, er wusste nicht, was passiert war, und doch ahnte er es.

»Dann soll es so sein«, sagten die Fünf.

Hangameh zögerte. Sie hielt das Stück Pergament, das Ambro ihr reichte, zerfleddert in der Hand und wartete auf ein Zeichen der Lichter. Einmal, vor langer Zeit, da war sie ein trotziges Kind gewesen, hatte sich geweigert zu schreiben, hatte die Frage nicht gestellt und ein Sterbender war nicht gestorben. Es war eine schreckliche Nacht gewesen. Er schrie und weinte vor Entsetzen. Sie wusste nicht, welche Pein in ihm vorging. Der Himmel blitzte wütend, ohne Donner. Hunderte von Blitzen in schwarzer Nacht. Sie waren näher gekommen und näher. Bis sie selbst heulte, aus Trotz und Angst. Die Angst war größer und siegte. Sie nahm ihr Buch, tat ihr Werk und es wurde still.

Es war eine sternklare Nacht, selbst der Mond schien voll und hell und Hangameh übergab das Stück Papier den Flammen.

In einem anderen Winkel von Leotrim öffnete NevNev die Augen, verließ zum ersten Mal seit langer Zeit sein Nest und sagte: »Ich bin frei.«

Einzig Hangameh verstand das ganze Ausmaß dessen, was hier gerade geschehen war. Die Fünf verfielen in Schweigen, selbst die Zuschauer tuschelten nicht mehr, sie ahnten es wohl, ohne es wirklich zu wissen. Jetzt, nachdem Ambro den Namen aus der Chronik herausgeschnitten und Hangameh ihn verbrannt hatte, war der Mann kein Vater mehr.

Er hatte keinen Namen mehr, gehörte zu keiner Gemeinschaft mehr. Er konnte sich nicht erinnern, wie er hieß. Er musste neu anfangen. Erst wenn ihm jemand einen neuen Namen geben würde, wäre er wieder Teil einer Gemeinschaft. Kein Familienname, keine Familie. Kein Vorname, keine Identität.

Vielleicht versteht Ambro die Chronik von Leotrim und deren Ausmaße sogar besser als ich, dachte Hangameh. Ich muss in Zukunft besser auf meine Bücher, auf mein ganzes Archiv, aufpassen.

In einem anderen Teil Leotrims stolperte nun ein Mann herum, der leer war wie ein Blatt Papier und neu anfangen konnte und musste. Die Menschen hier hatten gesehen, dass ihre Arbeit nicht in Stein gemeißelt war, nicht ewig galt, die Geschichte eines Menschen ließ sich ändern. Hangameh verstand plötzlich, wie viel Macht diese Pergamentseiten besaßen. Sie schauderte.

Norwin war sehr still. Ambro hatte gelogen, aber sein Flügel, sein lädierter Flügel, war für etwas gut gewesen. Nicht zum Fliegen. Und mit einer Lüge. Aber gut. Gut für NevNev. Ein warmes Gefühl, wie ein Glühen, breitete sich in seinem Magen aus, als hätte er eine warme Kugel aus Glück verschluckt. Ambro berührte mit der Linken seine Brust. Seine typische Geste, sein Tasten nach dem Lederbeutel mit seinen Notizen.

Nein, das stimmte nicht ganz.

Er legte seine Hand auf seinen Bauch und grinste Norwin schelmisch an. Es waren nicht die Notizen, begriff er nun, es war immer nur Norwin gewesen, der ihn beruhigt hatte. »Wir sind Drachenbrüder.«

Noch lange nicht das ENDE.

EINE KLEINE DRACHENKUNDE
VON AMBRO GULUR

Alle Drachen haben eine gemeinsame Sprache, die sie Kollern nennen. Tiefe, kehlige Laute, die sie nicht mit dem Maul formen, sondern die im Hals entstehen, manche sind so tief, dass sie nicht mehr hörbar sind – für uns. Ich habe bis jetzt keinen Menschen getroffen, der das Kollern beherrscht.

Während der Zeit des Brütens und auch kurze Zeit nach dem Schlüpfen, nennt die *Mutter aller Wasser* ihre Kinder »Nestlinge«, weil sie noch mit Dunen bedeckt sind. In der Übergangszeit, wenn dieses Federkleid ausfällt und sie alt genug werden, um von ihrem Vater abgeholt zu werden, nennt die Mutter ihre Kinder »Toddler«. Wir haben diesen Begriff übernommen und wenden ihn fälschlicherweise sogar noch an, wenn die Drachen längst fliegen können und im Frühling sind. (Bericht: Norwin)

In Leotrim leben vier verschiedene Drachenarten:

Die Hüter der Luft

Die Flugdrachen sind mit Abstand die häufigste Art. Sie sind verwandt mit den Greifvögeln, aber schon beim Schlüpfen größer als die Raubadler. Sie hören ihr Leben lang nicht auf zu wachsen, allerdings verlangsamt sich das Wachstum deutlich, wenn sie im Sommer ihres Lebens angekommen sind. Sie haben keinen

Schnabel, sondern wie alle Drachen ein Maul mit etwa dreißig Zähnen. Diese können ausfallen – es wachsen keine nach.
(Bericht: NevNev)

Ihre Färbung reicht von himmelblau bis zum Schwarzblau der Brombeeren. Sie sind Allesfresser, nicht selten entscheiden sie sich aber dazu, kein Fleisch von anderen Tieren zu fressen. Ihre Haut ist am Kopf und Bauch rau, sie haben kleine, halbrunde Schuppen. Rücken und Flügel, die Hinterläufe und der Schwanz sind mit Federn bedeckt. Nach dem Schlüpfen sehen sie aus wie flauschige, blaue Küken. Sie lernen das Fliegen erst nach ihrem ersten Jahr, aber noch vor der Mauser. Das Federkleid erneuert sich Jahr um Jahr.
(Bericht Norwin)

Die Hüter der Erde

Die Erddrachen sind verwandt mit den Echsen. Ihre Schuppen heißen »Hornschuppen« und sind rechteckig und leicht gewölbt. Die Färbung ihrer Hornschuppen ist so abwechslungsreich wie das Erdreich selbst. Sie nehmen die Farbe ihres Lebensraums an. Sie sind sonnenscheu und halten sich am liebsten in dunklen und kühlen Höhlen auf. Sie haben, wie die Wasserdrachen, Kiemen – nicht selten stoßen sie bei ihren Erdarbeiten auf Wasser und müssen durch tiefe Höhlen, die mit Wasser gefüllt sind, schwimmen. Man nennt sie daher Halbtaucher. Das Wasser ist nicht ihr natürlicher Lebensraum. Gestein und Erdschichten sind ihr Element. Sie bauen, für alle – nicht nur für die eigene Familie – die Winterstätten. Sie können leotrisch sprechen, tun es aber selten und sind sehr wortkarg. Ihre Flügel sind nicht flugtauglich und ebenso mit Hornschuppen bedeckt wie der Körper. Sie sind sehr lang und schlank und benützen ihre Flügel als Schutzschild und Luftkammer. Sie heben die Flügel, die vom Kopf bis zum Schwanz reichen, an und halten so das Erdreich über sich während des Grabens vom Einstürzen ab. So haben sie genügend Luft und Platz, um sich zu bewegen. Sie gehen auf allen Vieren, Vorder- und Hinterläufe benutzen sie gleichermaßen zum Ausschachten, allerdings diagonal. Sie verletzen keine Baumwurzeln und ernähren sich nur von Dingen, die unter der Erde wachsen.

Erddrachen sehen sehr schlecht. Ihr Geruchssinn ist hervorragend ausgeprägt.
(Bericht: Tara)

Die Hüter des Feuers

Die Feuerdrachen sind verwandt mit den Flughunden, weisen aber viele Ähnlichkeiten zu den Erddrachen auf. Die Schuppung ist ähnlich, allerdings reicht ihr Farbspektrum von der Farbe gebrannten Tons bis hin zu Klatschmohn. Die Flügel eines Feuerdrachens sind nicht mit Schuppen bedeckt, auch nicht mit Federn, sondern mit einer dünnen, haarigen Hautschicht. Diese ist sehr empfindlich – Feuerdrachen pflegen sich gegenseitig.

Wenn der Feuerdrache gesund und wohlauf ist, glänzen seine Schuppen und auch die feinen Härchen auf seinen Flügeln, er sieht aus wie ein Feuerball. Feuerdrachen können schon am Schlüpftag das Feuergas in ihrem Kiefer produzieren. Weil nicht alle Feuerdrachen die beiden Drüsen unter der Zunge beherrschen können und es hin und wieder zu Unfällen kommt, werden in Wohngebieten – dort, wo Menschen leben und zu Schaden kommen könnten – rote Stoffbänder in die Bäume geknotet. Gut sichtbar aus der Luft und zur Warnung. Wenn ein Drache in einem Wohngebiet landet und hungrig ist, bekommt er zu essen. Wenn er müde ist, kann er ausruhen. Doch sein Feuer darf er hier nicht ausspucken. Das Gas strömt, einer Wasserquelle gleich, Tag und Nacht, ohne Unterlass und der Drache muss, auch zu seiner eigenen Sicherheit, das Feuer ausbringen. Manch ein Drachenjunges hat schon die bittere Erfahrung machen müssen, im Schlaf das Gas versehentlich zu verschlucken. Feuergas im Bauch, selbst wenn es sich nicht entzündet hat, ist sehr schmerzhaft.

Feuerdrachen können fliegen, aber lange nicht so gut und ausdauernd wie Flugdrachen. Sie hören im Sommer ihres Lebens auf zu wachsen, sind sehr gesellig, aber kälte- und wasserscheu. Nicht selten verbringen sie einen langen Winter wie die Menschen in einer Höhle, warm und gemütlich. Sie fressen hauptsächlich Fleisch. Die meisten können weder riechen noch schmecken, da das Feuer Geschmacks- und Geruchssinn nach und nach zerstört. *(Bericht: Aidar)*

Die Hüter des Wassers

Die Wasserdrachen sind die seltenste Art unter den Drachen. Es gibt die Meeresdrachen und die Seedrachen. Beide Arten sind verwandt mit den Lungenfischen. Sie haben Lunge und Kiemen. Die Kiemen sitzen am Bauch, etwas oberhalb der Hinterläufe. Gut versteckt und geschützt. Wasserdrachen müssen trotz der Kiemen auftauchen, um Luft zu atmen, etwa sieben bis acht Mal pro Tag. Sind sie zu lange unter Wasser, beispielsweise eingeklemmt in einem Riff oder im Kampf mit ihrer Beute, können sie tatsächlich ertrinken.

Sie ernähren sich von Aalen und Tintenfischen, aber auch von kleineren Walen und von anderen Lebewesen, die dem Gift des

Wassers trotzen und so weit unten im Meer in absoluter Dunkelheit leben, dass kein Mensch sie je gesehen hat.

Die Algen, die in großen Mengen an der Wasseroberfläche schwimmen, schmecken so wie sie aussehen: Scheußlich. Die Wasserdrachen fressen die Algen nur, wenn sie tagelang nichts anderes finden.

Sie haben keine Flügel wie die Flugdrachen, vermutlich waren es einst richtige Flügel mit einer normalgroßen Spannweite, doch sie haben sich zurückgebildet, sind klein und wendig, ebenso mit Schuppen überzogen wie ihr Körper. Einer Legende nach konnten die Wasserdrachen früher fliegen, nicht sehr weit und auch nur direkt über dem Wasser – keiner der Wasserdrachen, die ich getroffen habe, konnte es.

Ihre Schuppen sind groß, glatt und rautenförmig. Die Hautfärbung reicht von einem hellen Grün der Linde im Frühling bis zu einem sehr dunklen Grün der Tannen im Immergrünwald. Seedrachen sind freundlicher als Meerdrachen.

Anders als ihre Artgenossen hören Wasserdrachen schon im Frühling ihres Lebens auf zu wachsen. Sie sind selten länger als ein erwachsener Mann. Sie verstehen die Sprache Leotrims, weigern sich aber sie zu sprechen und kommunizieren deshalb nur in mowarisch.

(Bericht: Rem)

Mein Eindruck

Ich stelle die Behauptung auf, dass die Körperfarbe des Drachens und die Augenfarbe des Broders/der Siostra in Beziehung zueinander stehen. Flieger haben blaue Augen, Feuerbringer rote,

Erdlinge braune und die Schwimmer haben grüne Augen. Alles ist verbunden.
(Bericht: Hangameh)

Es gibt Drachen, die die Himmelsberge nie verlassen. Zum Beispiel die Ammen. Die Ammen haben keine Siostra und sind auch keine Halbgebürtigen. Die Mutter aller Wasser mag alle Eier legen, aber die Väter von Leotrim holen nicht alle ab. Ich glaube, es gab eine Zeit, in der Menschen und Drachen noch nicht verbunden waren, und dass das Grüne Meer von Trim nicht immer giftig gewesen ist. Und wir haben nicht immer in Bäumen gelebt.

WÖRTERBUCH

Smok: Drachenbruder bzw. –schwester eines Menschen
Broder: Menschlicher Bruder eines Drachen
Siostra: Menschliche Schwester eines Drachen
Kollern:
Drachen sprechen mit Drachen, der Mensch versteht es nicht
Mowa/mowarisch: Drachensprache/in Gedanken
Leot/leotrisch: Mundart in Leotrim
Großjährig:
Erwachsen im Sinne von volljährig, von der Schule befreit
Entfernungen - gemessen in Flügelschlägen
Zyklen bzw. zwölf Monde: Jahre
Mond: Monat
Frühtage: Frühling
Sonnentage: Sommer
Spättage: Herbst
Dunkeltage: Winter